DANIEL MUNDURUKU

O KARAÍBA

UMA HISTÓRIA DO PRÉ-BRASIL

ilustrado por
MAURICIO NEGRO

DADOS INTERNACIONAIS DE CATALOGAÇÃO NA PUBLICAÇÃO (CIP)
(CÂMARA BRASILEIRA DO LIVRO, SP, BRASIL)

O Karaíba: uma história do pré-Brasil / Daniel Munduruku; ilustração Mauricio Negro. – São Paulo: Editora Melhoramentos, 2018.

ISBN 978-85-06-08319-2

1. Índios – Lendas – Literatura infantojuvenil I. Negro, Mauricio. II. Título.

18-13742   CDD-028.5

Índices para catálogo sistemático:
1. Lendas indígenas: Literatura infantil 028.5
2. Lendas indígenas: Literatura infantojuvenil 028.5

Iolanda Rodrigues Biode – Bibliotecária – CRB 8/10014

© Daniel Munduruku
Ilustrações de © Mauricio Negro
Projeto gráfico e diagramação: Diego Lima

Direitos de publicação:
© 2018 Editora Melhoramentos Ltda.
Todos os direitos reservados.

1.ª edição, 12.ª impressão, agosto de 2025
ISBN: 978-85-06-08319-2

Atendimento ao consumidor:
www.editoramelhoramentos.com.br
sac@melhoramentos.com.br
CNPJ: 03.796.758/0001-76

Impresso no Brasil

Dedico este livro aos amigos:
José Sebastião
e Dirce Akamine

Era uma vez

Um pernil de carneiro retalhado em fatias
Aos que foram chegando
Cada vez mais estrangeiros
No vai e vem de troncos
Quantas nações aos prantos
E os homens-daninhos seduzindo a taba
Grávidos de malícia
Sedentos de guerra
Dançam a falsidade
Esterilizam a festa

De quinto a quinhentos
O ouro encantou-se
Plastificaram o verde
Pavimentaram o destino
E foi acontecendo
E foi escurecendo
Mas de manhã bem cedinho
Além da Grande-Água
Vi um curumim sonhando
Com Yvy-maraey formosa.

GRAÇA GRAÚNA. CANTO MESTIZO.
MARICÁ/RJ: BLOCOS, 1999, P. 51.

SUMÁRIO

- 06 A profecia
- 12 A revelação
- 20 Um encontro inesperado
- 25 Potyra
- 28 Um salto no escuro
- 36 Os caçadores de almas
- 44 A rainha das águas
- 52 Nos compassos do beija-flor
- 56 Corpos no caminho
- 61 Fortes ventos sobre Maraí
- 65 As Icamiabas – mulheres guerreiras
- 71 Encontro de dois destinos
- 77 Lua Nova
- 85 A dor de Perna Solta
- 92 Aldeia fantasma
- 100 Uma tríplice batalha
- 108 A decisão
- 117 Os fantasmas estão chegando
- 123 Tempos depois...
- 126 Glossário
- 127 Daniel Munduruku
- 128 Mauricio Negro

CAPÍTULO 1

A PROFECIA

Uma calamidade – chuva para uns, seca para outros – cairá sobre nós e nada poderemos fazer para nos proteger dela, a não ser cantar e dançar para acalmar a fúria dos deuses criadores e esperar que nasça o filho que irá unir nossos povos contra os irmãos-fantasmas.

(Karaíba)

O sol nem tinha dado cores à floresta quando Perna Solta pulou de sua rede. Não conseguia dormir havia muitos dias por causa dos burburinhos que se ouvia na aldeia. Havia medo e revolta espalhados pelo ar, e ele não compreendia direito o que se passava.

Saiu da casa logo após atiçar o fogo que estava ficando fraco e deixando seus outros habitantes com frio. Havia chovido na noite anterior, e uma brisa violenta tinha se abatido sobre as casas, gerando nas pessoas espanto e temor. Mesmo a pequena Yrá, sua irmã mais jovem, que sempre teve espírito de bravura, ficou recolhida no colo da mãe, mirando o horizonte com olhos arregalados. O que estaria por acontecer?

O jovem foi até a beira do rio que banha sua aldeia e acocorou-se, enquanto percebia que o alvoroço da noite anterior estava refletido também nas calmas águas daquele parente. Mesmo assim, fitou o rio e deixou que seus pensamentos voltassem para um passado próximo, a fim de que refrescassem sua memória e lhe ajudassem a entender o que estava acontecendo.

Lembrou do velho Karaíba, que havia passado por sua aldeia há pouco tempo e tinha dito coisas assustadoras que aconteceriam dentro em breve. Entre elas, disse que aquele mundo conhecido por todos acabaria e tudo seria destruído pela passagem de um grande monstro vindo de outros cantos.

Ele disse: "Minhas visões trazem sinais terríveis. Não sobrarão nem vestígios de nossa passagem sobre esta terra onde nossos pais viveram. O monstro virá e destruirá nossa memória e nossos caminhos. Tudo será revirado: as águas, a terra, os animais, as plantas, os lugares sagrados. Tudo."

Foram palavras fortes, que abalaram a comunidade, e muitos acreditavam que a tempestade dos últimos dias tinha sido o sinal desses acontecimentos.

Perna Solta nunca tinha visto seu povo chorar que não fosse por luto ou ritual. Nunca havia presenciado fortes guerreiros amedrontados. O que haveria mesmo de acontecer? Estariam preparados para um tempo novo que começaria amanhã?

O jovem não sabia responder àquelas perguntas. Isso o incomodava muito, especialmente porque ele não era como todo mundo. Ele não estava sendo preparado para ser um guerreiro nem um pajé. Não lhe cabia nenhuma função muito importante dentro de sua comunidade, a não ser pelo fato de que ele era um mensageiro entre diferentes lugares. Suas pernas, mais finas que as da maioria dos jovens, tinham-lhe tirado o direito de aprender a arte da guerra, mas, ao mesmo tempo, conferiram a ele uma velocidade acima do normal, e isso o tornou imbatível nas competições entre as aldeias, valendo a ele o apelido que agora carregava e que o tornava aclamado pelas pessoas.

O fato era que Perna Solta não conseguia compreender qual o sinal que o velho Karaíba havia dito que apareceria no céu quando tudo começasse a acontecer. Seria a tempestade que caíra sobre sua aldeia? O que tinha de esperar, além disso?

Perdido nos pensamentos, não notou que a linda Maraí tinha chegado e se postado atrás dele. Ficou ali parada querendo ler o pensamento de seu amado. Não conseguiu ficar quieta por muito tempo, pois ele se virou de repente e a surpreendeu. Os dois riram por um momento. Depois, a preocupação voltou à cabeça do jovem, e Maraí puxou conversa para tentar distraí-lo.

– Diga o que está pensando que eu te dou uma porção de castanhas assadas.

O jovem desanuviou por um momento.

– Nada demais, Maraí. Estou aqui pensando nos últimos acontecimentos.

– E a que conclusão chegou?

– Nenhuma. São muitas coisas ao mesmo tempo. Veja, Maraí, como é possível interpretar as palavras de um sábio itinerante? Ele chegou, disse uma porção de pensamentos sobre nossa cabeça, anunciou uma desgraceira danada e foi embora. Deixou nossa gente com medo e fez nossos valentes parecerem um bando de passarinhos amedrontados. A tristeza está tomando conta de todos. O que fazer para acabar com isso?

A jovem aproximou-se um pouco mais do menino corredor e passou carinhosamente a mão direita sobre seu peito desnudo, aconchegando-se. Depois sussurrou algumas palavras em seu ouvido e deixou que ele sentisse o efeito delas para, só então, continuar a falar.

– Meu querido Perna Solta, talvez nosso povo dê ouvidos demais a esses profetas. Eles não deveriam ter essa liberdade toda para vir até nossa aldeia, colocar essas loucuras em nossas cabeças e depois partir deixando nossa gente em polvorosa. Talvez nada disso seja verdade.

– Nossa tradição, pequena Maraí, sempre foi movida pela fé nos sinais que esses sábios nos trouxeram. Por anos e anos eles nos deram demonstrações de que sabem dominar a leitura do tempo. Não cabe a nós ficar questionando essa sabedoria milenar. Afinal, para nós eles são maíra, amigos íntimos do Criador e nos falam as palavras sagradas vindas Dele.

— Não estou questionando a tradição, meu bem, mas o tipo de mensagem que o Karaíba traz. Como pode nos tirar de nossa tranquilidade e sair sem mais nem menos?

Perna Solta liberou-se dos braços da jovem e foi para a frente do rio. Ficou ali por um momento mirando as águas como se quisesse uma resposta. Nada. Passou as duas mãos pelos longos cabelos e parou-as na nuca, levantando a cabeça para o céu. Respirou fundo e deixou os ombros caírem desolados. Não encontrara nenhuma resposta. Nem o céu, nem a terra, as águas ou o vento tinham trazido qualquer sinal.

Maraí aproximou-se novamente do moço e abraçou-o por trás, permanecendo assim por alguns instantes. Depois confidenciou seu apreço por ele.

— Você não tem que se preocupar tanto, meu bem. As respostas não cabem a você. O que tiver de acontecer acontecerá, com ou sem nossa aprovação. Já está tudo escrito nas rochas e nas folhas secas.

— Não consigo pensar assim, Maraí. Certamente vai acontecer independente de nossa vontade, mas tenho a impressão de que cabe sim, a nós, interferir nos rumos dos acontecimentos. Venho ouvindo isso desde menino. Meus avós sempre me disseram que somos a memória da tradição. O que não está claro é preciso aclarar. O que não é caminho é preciso ser iniciado. Minha cabeça está confusa como os cipós que costuram os galhos das árvores. É preciso cortar esses galhos para que eu possa ver com mais clareza.

— Por que você, Perna? Por que não pode ser outra pessoa? Tenho medo de que aconteça algo a você e nós nunca mais possamos ficar juntos. Quero que você seja o pai dos meus filhos.

— Eu também, minha amada, eu também. Mas nunca vamos poder falar sobre o amanhã se não entendermos o agora. Tenha paciência, Maraí. Algo me diz que logo teremos novidades.

Os dois jovens amantes se abraçaram carinhosamente. Por trás das árvores frondosas que circulavam a aldeia já era possível contemplar os primeiros raios de sol que davam cor à mata. Os pássaros também se organizavam em bandos para voar atrás de sua primeira refeição matutina, enquanto os seres da noite se recolhiam aos seus lugares para dar passagem ao dia, que se anunciava cheio de cores. Pessoas começavam a perambular pelas casas, e era possível ver fumaça saindo pelos telhados, dando a certeza de que o dia acabara de começar para a gente do valente Perna Solta e da admirável Maraí.

CAPÍTULO 2

A REVELAÇÃO

— Você tem que sair imediatamente para noticiar todas as aldeias de nossos parentes sobre os últimos acontecimentos e trazer de lá informações sobre o que se sucede. Estamos há vários dias sem nenhum contato, e isso não é muito bom – disse o conselheiro-chefe da aldeia a Perna Solta, logo que acabou a reunião do conselho dos sábios.

— E o que devo dizer a eles, meu avô? – quis saber o moço mensageiro.

— Deve contar o que o Karaíba nos disse. Fale dos nossos medos, da nossa insegurança e pergunte o que devemos fazer.

— Se eles não me ouvirem? Como farei para convencê-los?

— Não faça nada, meu neto. Volte para casa e, aqui, saberemos o que fazer. Estamos esperando um sinal de nossos sábios e ancestrais.

— Meu avô, que já é um sábio, poderia me dizer o que todos tememos? Estou confuso, como todos da aldeia. Mulheres e crianças estão apavoradas, mas não sabem exatamente o porquê disso. Elas veem os guerreiros com medo e isso as deixa inseguras.

O velho homem passou o braço pelas costas de Perna Solta e caminhou lentamente pela aldeia. Notou que o jovem tinha de saber mais detalhes sobre os últimos acontecimentos para que pudesse ser um mensageiro eficaz.

— Meu neto tem razão de estar preocupado. Eu vou explicar por que nossos conselheiros andam tão inquietos ultimamente. Mas você tem que me prometer que não contará para ninguém, nem mesmo para Maraí, o que vai ouvir da boca deste velho. Promete?

O jovem franziu a testa de preocupação antes de confirmar sua promessa ao sábio.

— Conta a história de nossa gente que houve um dilúvio muito tempo atrás, quando nossos ancestrais chegaram por estas bandas. Tudo ficou alagado por muitos meses, tendo sobrevivido poucas pessoas, que teriam como tarefa fazer com que o mundo recomeçasse do nada.

O velho parou seu relato quando percebeu que o jovem mensageiro tinha dificuldade de acompanhar suas palavras. Respirou fundo antes de continuar e fez com que o rapaz se sentasse num pequeno banco de madeira na porta de sua casa. Feito isso, puxou seu cachimbo e acendeu-o lentamente.

Perna Solta sabia que aquilo era uma espécie de ritual que antecedia alguma revelação. Ficou esperando o velho terminar seus gestos sagrados antes de ouvir o restante daquela história.

— As pessoas que conseguiram se salvar do dilúvio foram divididas em dois grupos, para que pudessem abranger maior parte do território e conhecê-lo muito bem. Eles eram todos irmãos e sabiam que um dia iriam novamente se encontrar. Despediram-se com tristeza e se puseram a caminho de uma terra que os tornasse felizes e gratos a Tupã, nosso Pai Primeiro. Cada qual foi para um canto e nunca mais um grupo teve notícias do outro.

Mais uma pausa. Perna Solta tentava compreender aonde o velho queria chegar contando-lhe aquela história toda. O sábio, vendo a apreensão nos olhos do jovem, tranquilizou-o dizendo que ele logo entenderia. Em seguida, continuou sua narrativa.

— Aqueles dois grupos cresceram, multiplicaram-se por muitos e formaram povos distintos com o passar do tempo. Alguns deles foram se fixando em lugares que sentiam ser seu lar. Outros foram mais além. Nossos ancestrais pertenciam a um grupo que escolheu caminhar em busca de lugares mais quentes e por achar que Tupã o empurrava mais para o sul.

– Meu avô me perdoe a intromissão, mas Perna Solta não entende o motivo de estar ouvindo esta história, que já nos foi contada tantas vezes. Agora o senhor me pede que não conte para ninguém o que todo mundo já sabe!

– Meu neto está querendo andar mais rápido que as águas da correnteza! Deixe este velho terminar a história e depois vai entender.

Perna Solta ficou encabulado com as palavras do velho e recolheu-se a seu canto, enquanto assistia ao velho acender novamente seu surrado cachimbo.

– Pois bem, meu neto, cada grupo andou em direções opostas. O grupo de nossos ancestrais desceu para o sul, enquanto o outro permaneceu mais ao norte e se espalhou em diferentes direções. No início, o que os manteve foi o conhecimento que tinham do meio ambiente, e usaram tudo o que sabiam para poder ir construindo um mundo bom para cada um deles. Quando alguém não se sentia feliz, pegava sua família e ia para outros lugares, criando estradas e deixando pegadas para os que vinham atrás. Esses sinais foram sendo deixados ao longo dos lugares por onde passavam, e suas escritas ficavam desenhadas nas paredes das cavernas e das pedras.

Por um instante, Perna Solta lembrou que conhecia vários lugares onde estavam inscritas mensagens que os avós diziam se tratar de sinais que os conduziriam para uma terra sem males. Muitas vezes tinha estado ali com seus amigos, e ele mesmo tinha desenhado traços ou consertado algumas inscrições que se apagavam com o tempo. Imaginou em sua cabeça juvenil como havia sido a vida de seus primeiros pais e seu duro e longo caminho até chegar ali.

– O que eu vou te contar agora, Perna Solta, é justamente a maior de todas as revelações que nossos avós guardaram até nossos dias.

– Conte, meu avô, pois estou curioso para saber do que se trata.

— Saiba que não é simples, pois os ancestrais que ficaram mais ao norte se multiplicaram e foram inventando instrumentos para conquistar a natureza. Eles foram se distanciando cada vez mais do espírito de nossos antepassados e decidiram fabricar armas perigosas para dominar as pessoas e escravizá-las.

— E no que eles são diferentes de nós, meu avô? Nós também não lutamos para conquistar outras gentes? Não destruímos suas casas e tomamos suas esposas para que nos sirvam?

O velho homem olhou para o jovem e viu que ele tinha razão. Afagou-lhe a cabeça com muito carinho e jogou sobre ela um pouco de fumaça. Em seguida o fez inalar a mesma fumaça e o colocou num transe. Levou-o para dentro da casa e deixou-o ali, deitado numa rede instalada no centro da casa.

— Meu neto é inteligente, mas usa a cabeça só para pensar. Tem que sentir, e só é possível sentir quando o corpo sai de si. Meu neto vai ver o que estou falando antes de voltar-se contra a tradição.

Perna Solta sentiu seu corpo levitando. Estava solto, leve. Deixou-se conduzir para o mundo do desconhecido de que sempre ouvia falar. Seu pensamento deu lugar a uma visão que lhe mostrava o início de tudo.

Encontrou-se com um homem muito velho. Carregava consigo uma cabaça e dizia que nela estavam contidos os segredos do Universo. O rapaz quis saber quais eram esses segredos, mas o ancião apenas balançou a cabeça e disse que havia coisas que não podem ser aceitas pelos que vivem com olhos abertos. Para que se veja é preciso estar de olhos fechados e com o coração ligado à sabedoria do mundo.

Levado pela música de uma flauta que tocava dentro de sua cabeça, o mensageiro foi acompanhando o som que se transformava em figuras humanas e animais que lhe confidenciavam o que estava escrito nas pedras, nas folhas e em cada parte desse grande Universo. O jovem se sentia integrado e cheio de vigor, cheio de certezas, cheio de magia, e desejou ficar ali para sempre.

Foi quando o velho avô o trouxe de volta à realidade. Perna Solta ainda ficou um tempo com a cabeça rodopiando, enquanto o chefe lhe oferecia um pouco de melancia.

Minutos depois o rapaz já estava totalmente sóbrio, mas ainda confuso. O velho sábio lhe disse que ele havia ido parar em um outro tempo, o lugar dos antepassados e da sabedoria antiga.

– Isso tudo, meu neto, foi apenas uma mostra das coisas que nosso povo tem guardado consigo ao longo desse tempo todo, desde o momento em que nos dividimos após o dilúvio. Sei que você vai querer saber sobre o que tudo isso pode significar, mas por ora basta que entenda que seu papel é espalhar a notícia da unidade entre nossos povos, porque algo muito ruim vai acontecer.

Perna Solta continuou sem compreender, mas sabia que em meio a seu povo era preciso dar tempo ao tempo para que as palavras ganhassem forma e tudo ficasse mais claro. Pensando nisso, partiu para sua missão.

AINDA ERA MUITO CEDO QUANDO PERNA SOLTA SE ERGUEU DA REDE. Tinha que correr para as outras aldeias levando consigo as palavras do conselho comunitário. Mal teria tempo de alimentar-se, coisa que gostava sempre de fazer sem pressa. Pegou apenas um pedaço de beiju e uma cabaça, seu arco e flecha, uma rede de caçador e já ia colocar-se a caminho quando foi chamado por sua mãe, que ainda estava deitada na rede.

– Tenha cuidado, meu filho. Não se exponha muito. Fique sempre atento aos acontecimentos e não deixe que nada lhe tire do caminho que os espíritos ancestrais traçaram para você. Se você fizer isso com muita paciência e coragem, se tornará um verdadeiro homem para nossa gente.

Perna Solta aceitou o conselho da mãe e abraçou-a com carinho enquanto se despedia para tomar seu caminho em direção à aldeia Turiaçu, que ficava a três dias de distância daquele local. Lá se encontraria com o cacique Apoena e lhe deixaria o recado do conselho.

Antes de partir, o jovem olhou para a casa de sua amada Maraí e teve tempo de vê-la acenando para ele.

***

Fazia alguns anos que Perna Solta não ia à aldeia dos parentes de Turiaçu. Lembrava vagamente de ter por lá passado quando ainda era pequeno, numa visita que sua comunidade fizera durante um festival organizado para jovens guerreiros poderem exercitar sua força, habilidade com o arco e flecha e sua coragem para enfrentar os desafios. Era uma competição realizada a cada dois anos em uma aldeia diferente. Durante aqueles dias, era declarado um armistício em que não poderia haver nenhum tipo de animosidade entre os competidores. Tudo era realizado dentro dos princípios de amizade.

Assim, Perna Solta foi descobrindo os caminhos para as aldeias e conhecendo as habilidades de cada guerreiro. Foi ali também que descobriu que jamais poderia ser um guerreiro completo, mas que lhe caberia sempre a tarefa de mensageiro. No início ficou chateado, mas depois percebeu que sua função também era muito importante.

Com o passar dos anos, foi ficando um moço forte e passou pelos rituais todos, faltando apenas o da guerra, coisa que jamais aconteceria por conta de sua condição física. No começo havia sido mais difícil aceitar suas limitações, mas com o passar do tempo – e pela influência das palavras de sua mãe, que sempre lhe lembrava que o importante era viver a vida plenamente –, foi organizando seus afazeres a partir delas.

Determinante, no entanto, foi o fato de saber que para seu povo um homem que não servia para a guerra estava condenado à morte. Foi preciso muita conversa com o conselho dos sábios para que se permitisse que o menino pudesse viver de acordo com sua capacidade. O conselho vacilou em vários momentos, pois considerava que uma criança naquelas condições seria não apenas um estorvo para os momentos de guerra em que a comunidade precisasse fugir rapidamente, mas também que teria de ser alimentado, não podendo ser capaz de produzir seu próprio sustento. Seus pais garantiram que o menino era especial, que daria grande alegria à comunidade e que tomariam conta dele sem jamais deixar de cumprir suas tarefas comunitárias.

Quando completou 14 verões – pois nascera na época mais quente do ano –, Perna Solta concluiu seu aprendizado. Já podia ser considerado adulto, conforme os costumes de sua gente. Foi, então, levado ao centro da aldeia para que escolhesse uma esposa. Não houve nenhuma candidata que se apresentasse. A limitação física afastou possíveis pretendentes. Os pais acreditavam que tal jovem não conseguiria alimentar e proteger suas filhas. Desse modo, o jovem mensageiro foi rejeitado pelas meninas de sua comunidade.

Ainda assim, ele não se deu por vencido e passou a treinar sozinho a arte da guerra. Sabia que precisava provar sua valentia para que fosse aceito por alguma jovem. Ainda que se esforçasse muito, não conseguia avançar e acabava sendo derrotado por outros companheiros em competições domésticas.

Não foram poucas as tentativas. Todas frustradas. Quanto mais tentava crescer como guerreiro, mais era rejeitado. Seus pais e seus amigos buscavam convencê-lo a fazer outras atividades mais apropriadas, mas o jovem não cedia e continuava seus treinos de guerra.

Foi, no entanto, um evento que o fez ver com mais clareza sua situação dentro da comunidade.

Era noite sem Lua. O céu estava iluminado pelo brilho das estrelas. Tudo estava em silêncio. Todos dormiam, deixando a comunidade numa plena quietude. Nessa noite, Perna Solta ficou perambulando à toa. Andou entre as casas ouvindo sussurros entre os casais, conversas entre namorados, roncos de homens cansados pelo dia de trabalho. O silêncio era tão intenso que bem longe se ouvia o som das ondas que batiam na praia.

O jovem se deixou levar por aquele som. Sentou-se num tronco de árvore caída no terreno da aldeia. Ficou buscando respostas às suas indignações com o olhar voltado à escuridão. Assim, perdido nos pensamentos que alimentavam seu espírito, não viu que alguém se aproximava lentamente.

Quando se virou para olhar, sentindo que estava sendo observado, não encontrou ninguém. Ficou um pouco desconfiado quando um vento frio atingiu sua espinha, trazendo uma sensação de medo. Quis levantar, mas não conseguiu. O vento gelado continuava ali presente. Quando, novamente, tentou levantar-se para voltar para casa, deparou-se com a presença de Maraí. Ele não entendeu de onde ela viera, pois aparecera ali como um fantasma trazido pelo vento. A menina-moça foi logo fazendo o jovem se acalmar do susto.

– Tenho visto seu sofrimento em se fazer aceito pela comunidade. Você é um moço muito corajoso, valente. Mas está fazendo a coisa errada. Você não precisa tentar convencer ninguém da sua coragem ou valentia. Você tem que ir fazendo o que sabe fazer. A partir de amanhã eu serei sua pretendente, se você assim o quiser.

Perna Solta ficou confuso com aquela abordagem. Quem era aquela pessoa que havia crescido consigo, mas que não fazia parte de sua família? Como poderia aceitar esse convite se era ele quem tinha que conquistar sua esposa?

– Você vai me desculpar, mas não posso aceitar seu convite. Mal sei quem você é, Maraí. Como poderei casar-me com você?

– Não se preocupe com isso agora. Apenas diga que aceita se comprometer comigo. Assim, você também não precisará mais provar a ninguém seus talentos. Comigo por perto, você poderá ser o mensageiro mais completo que deseja ser. Você aceita?

Perna Solta pensou por um momento. Em seguida, disse que aceitava a proposta.

Depois desse inesperado encontro, o jovem mensageiro nunca mais quis dedicar-se às artes da guerra, e sua admiração por aquela jovem forasteira crescia a cada dia, porque ela conseguia ler até seus mais escondidos pensamentos. E ele gostava muito disso.

CAPÍTULO 4

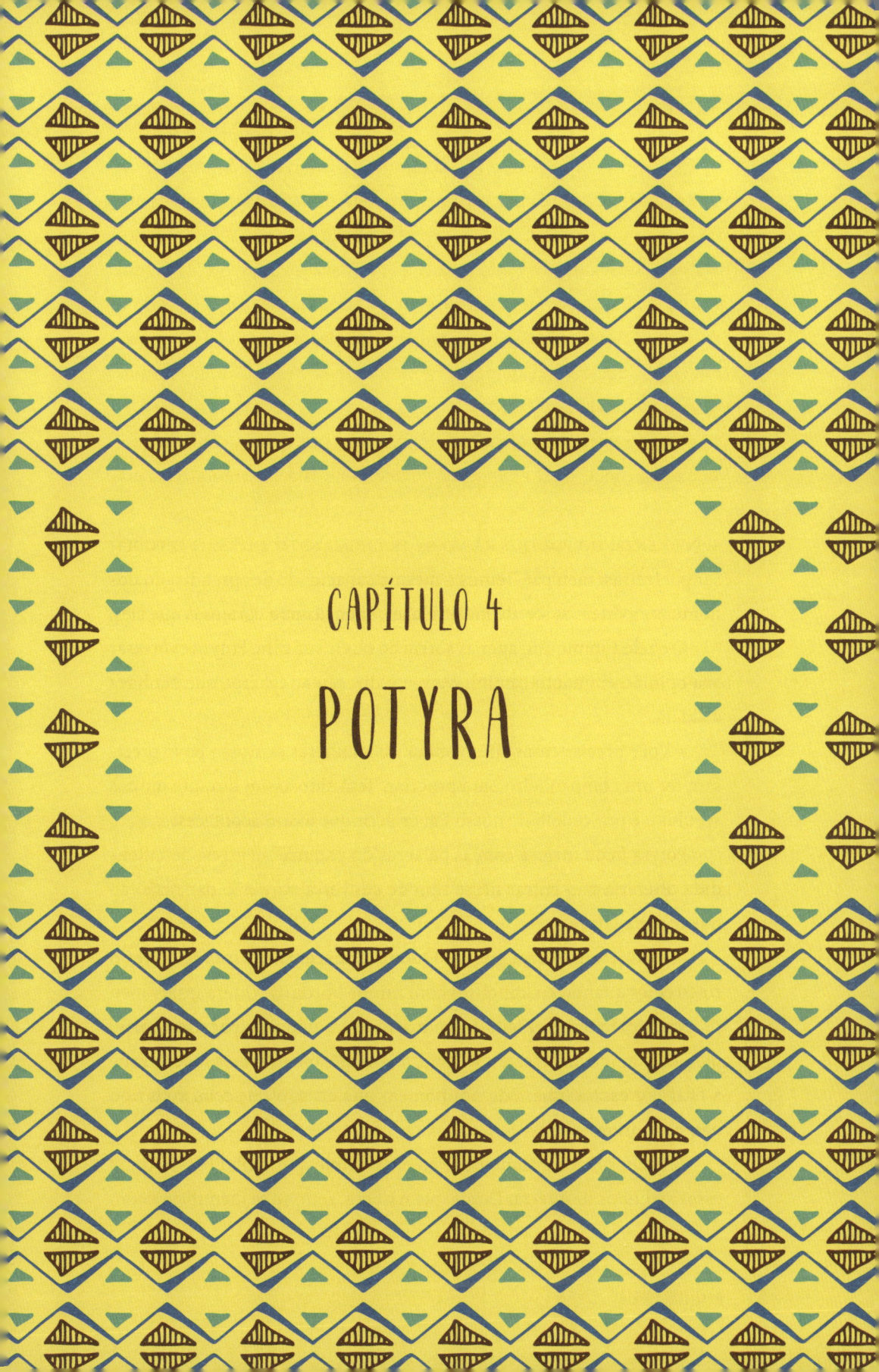

POTYRA

— Não entendo por que na nossa tradição as mulheres não podem ser guerreiras, meu pai. Temos a mesma capacidade de aprendizado dos homens e podemos ser até mais velozes, silenciosas e corajosas que eles.

O chefe tupiniquim apenas sorriu ao ouvir sua filha Potyra expressar sua opinião enquanto caminhavam em direção ao igarapé que banhava a aldeia.

— Você precisa casar, minha filha. As mulheres de nosso povo precisam ter um companheiro para procriar. Tem sido assim durante muitos séculos e é por ordem de nosso Pai criador que assim acontecesse.

Potyra ficou furiosa com as palavras do pai, mas se fez de desentendida. Preferia não entrar nesse tipo de conversa para não dar razão ao que o chefe falava.

— Eu quero ir para a guerra. Quero conhecer meus inimigos, ver o rosto deles quando eu atingi-los com minha borduna. Quero trazer meu próprio prisioneiro, enfeitá-lo para a morte e depois comer seu corpo para ficar ainda mais forte e valente. É isso que me interessa. Recuso-me a ficar em casa à espera de um homem que eu não sei se vai voltar ou não para mim.

O chefe sorriu novamente. Não era de hoje que a filha Potyra tinha esses arroubos de guerra. Desde que nascera, sempre se identificara com o desejo masculino de lutar, conquistar, vencer. Quando seu ciclo menstrual chegou, escondeu de todos para que ninguém soubesse que era uma mulher adulta e que poderia ser desposada por qualquer guerreiro. Somente depois é que a mãe, desconfiada, andou seguindo a menina e descobriu que ela se escondia pela floresta para não ser percebida pelas pessoas.

Foi chamada pelos pais, com quem teve uma conversa definitiva, dizendo que preferia ter nascido homem, como era o desejo de seu pai. Queria poder dar a ele a alegria de conquistar muitas vitórias e troféus.

– Você nasceu assim, minha pequena. Nasceu para ter filhos e fazer nosso povo continuar sua trajetória de lutas e conquistas. Você tem que gerar filhos corajosos, valentes. Essa é a sua tarefa dentro dessa nossa vida. Você não tem que ir à guerra, mas tem que preparar seus meninos para serem os melhores guerreiros entre todos.

Potyra ouvira tudo com atenção, mas continuava sem concordar. Achava que todo mundo tinha que ser preparado para a guerra. Sabia que algumas meninas-moças não pensavam assim. E quase sempre era malvista pela comunidade por causa de sua posição diferente. Ela sempre questionava a todos sobre o que aconteceria com as mulheres e os velhos quando não houvesse ninguém para protegê-los de um ataque inimigo.

Até mesmo um jovem pretendente, que tinha pedido sua mão em casamento, ouvira um belo *não* da moça. Isso o deixou furioso e só não teve um final trágico porque ela era a filha do chefe e, além do mais, sabia empunhar a borduna como qualquer homem de sua comunidade. O jovem saiu xingando a menina e maldizendo seus pais e sua família. Potyra não se intimidou com o acontecido. Estava disposta a viver e morrer solteira se preciso fosse, desde que pudesse participar de uma guerra verdadeira ao lado de seu pai, seus irmãos e seus amigos. E os ventos começavam a soprar uma longa e perigosa brisa sobre o povo da menina guerreira.

CAPÍTULO 5

UM SALTO NO ESCURO

Não era para ser tão difícil a partida da aldeia. Perna Solta tinha uma missão a ser cumprida, era esse seu papel. Ele sabia, todos sabiam. Mas por que sua mãe ficara tão desolada quando o rapaz estava se preparando para partir? Não tinha ela dito palavras macias momentos antes? Por que agora se esvaía em lágrimas?

– Isso não tem explicação, meu filho. Meu coração de mãe sempre vai ficar desconsolado quando um filho partir para um lugar distante. Não se preocupe, pois logo passa. Peço apenas que tenha cuidado ao caminhar no meio da floresta. Muitas coisas ruins podem acontecer, e os tempos atuais não estão nada fáceis.

– Eu sei, minha mãe. Eu fui treinado para cumprir muito bem minha tarefa como mensageiro de nossa gente. Eu irei com a rapidez que se espera de mim e, depois, retornarei trazendo notícias dos parentes de lá.

A mãe do mensageiro foi aos poucos se acalmando, ajudada por outras mulheres que a consolavam, dizendo que seria uma missão rápida e que logo o rapaz estaria de volta.

Antes de partir, Perna Solta foi retirado do grupo todo que estava à sua volta. O cacique de sua gente, o valente Kaiuby, o escoltou para dentro de sua casa e o fez sentar-se em um banco que estava ali, solitário, como que guardando a casa vazia. O menino sentou-se sem pressa, enquanto observava o velho homem remexer em alguma coisa dentro da casa.

Minutos depois, o guerreiro postou-se à frente do jovem e mostrou-lhe um colar feito com dentes de inimigos mortos em combate.

– Este colar pertenceu a meu filho, Tamoin. Ele tinha sua idade quando saiu para sua primeira batalha em campo aberto. Nunca mais voltou. Foi assassinado covardemente por um guerreiro da gente inimiga. Não teve tempo de se proteger. O inimigo veio por trás e o acertou com um porrete pesado.

Houve um silêncio cortante entre os dois homens. Apenas a respiração pesada era possível sentir. Perna Solta notou uma lágrima escorrendo pelo rosto do valoroso guerreiro enquanto ele acariciava a joia.

– Eu havia preparado o colar para dar a ele quando voltasse daquela incursão. Não quis dá-lo antes, pois achei que teria mais significado na volta. Enganei-me totalmente. Ele nunca mais voltou. Era meu primogênito e o filho que eu mesmo havia treinado para a guerra. Só depois percebi que ele não estava preparado ainda para enfrentar homens mais fortes e experientes. A mãe dele não queria deixá-lo ir. Ela chorou muito naquela noite e me pediu para poupá-lo daquela batalha. Eu não deixei que ele ficasse.

– Por quê? Ele queria ir? Como o chefe poderia saber o que aconteceria?

O chefe fez uma pausa enquanto ouvia as perguntas de Perna Solta, depois fixou um ponto no teto da casa e deixou seu olhar ficar ali perdido. Em seguida, voltou-se novamente para o mensageiro.

– Meu caro mensageiro, ser chefe não é algo muito fácil. Sou cacique desta aldeia há tanto tempo que já nem me lembro quando tudo começou. Eu ainda era menino quando meus pais disseram que eu deveria ser preparado para guiar nossa gente. Eu não sabia nada e nem queria saber. Queria apenas brincar com meus amigos, correr pela floresta atrás de pequenos calangos que apareciam por aqui. Quando fiz 9 anos, meu pai começou a me treinar para a guerra, e aos 16 já havia participado de tantas batalhas que nem podia contar. Foi por causa disso que me tornei um cacique. Eu tinha coragem na veia, e nada na minha frente poderia me amedrontar. Enfrentei muitas guerras e venci todas. Nosso povo viveu momentos de prosperidade, mas quando meu filho morreu tudo ruiu. Senti-me culpado, medroso, fraco.

O guerreiro fez uma pausa. Perna Solta sabia que era uma história muito triste e que revelava uma humanidade do líder que pouca gente conhecia. Ficou apreciando a paisagem fora da casa enquanto esperava o chefe se recompor.

– Você tem que ir a uma missão muito importante. Encontrará algumas dificuldades pelo caminho. Sua mãe sabe disso, então ela chora sua partida. Sua missão é pacífica, mas, ainda assim, pode trazer alguns riscos para a sua vida. Você foi treinado para isso. Vai se sair bem, tenho certeza. Quero que coloque este colar e não o tire em hipótese nenhuma. Ele o protegerá, pois traz consigo a força de muitos guerreiros que foram abençoados por nossos ancestrais. Vá, Perna Solta. Cumpra sua missão e retorne para casa com saúde e boas notícias.

O chefe tomou o adolescente e o abraçou de forma carinhosa, desejando-lhe boa viagem.

O jovem saiu da casa para o terreiro, onde era aguardado por todos da comunidade. Abraçou carinhosamente sua mãe e seus parentes, colocou seus poucos pertences numa bolsa confeccionada com talas de taquaras e despediu-se de todos com acenos e palavras de partida. A comunidade acompanhou o rapaz até a beira da floresta, enquanto ele desaparecia mato adentro. Consigo, o mensageiro levava um pouco de víveres para um ou dois dias, um pequeno vasilhame com água, seu arco e flecha e um presente para ser entregue ao chefe que iria recebê-lo. Na cabeça, levava os cumprimentos formais que deveria fazer ao chegar à aldeia, mas outras ideias circulavam em seu pensamento, pois queria entender alguns fatos de que ouvira falar dias atrás.

***

A primeira parte da jornada foi bem tranquila. Nenhuma novidade. Os caminhos estavam livres e tudo seguia conforme o planejado pelo mensageiro. Apenas algumas pequenas paradas para descansar e alimentar-se. De resto, tudo estava bem.

Era preciso aproveitar bastante a claridade do dia para seguir o mais longe possível. Quando a noite se anunciasse, teria que procurar abrigo para não ficar muito exposto aos perigos que ela sempre trazia.

Perna Solta tinha sido instruído desde muito pequeno sobre os perigos da natureza. Sabia que dependia plenamente dela, mas também que a natureza é a grande mãe que acolhe a todos indistintamente e que sabe dar vida para uns e morte para outros. Seu velho avô sempre lhe lembrava que é preciso respeitar este processo da natureza: quem é do dia precisa aproveitar as coisas do dia para viver bem, e quem é da noite deve andar pela noite atrás de seu alimento e de sua sobrevivência.

O jovem já havia ouvido muitas histórias de pessoas que não haviam respeitado os caminhos da natureza e tinham sofrido graves consequências por isso. Soube de homens fortes que perderam totalmente os sentidos por desafiarem os perigos quando não podiam.

Também conhecia histórias de quem viveu a vida toda dependendo totalmente das benesses da mãe-terra e sempre se deu bem por ter respeitado seus caminhos.

Perna Solta não era um andarilho inexperiente. Ele conhecia bem os caminhos e sabia ler os sinais que a natureza lhe apresentava. Assim, estava sempre atento, procurando não dispersar seu pensamento para outros lugares, a fim de que aquele barulho não o desviasse de sua missão e o fizesse cair em caminhos que ele mesmo desconhecia.

Ainda assim, o jovem tirava alguns minutos para pensar nos acontecimentos da aldeia. Tinha uma inquietude em seu coração que não conseguia dispersar, já que ela sempre voltava para habitar seus pensamentos. E foi numa dessas paradas pelo meio da floresta que o jovem decidiu descansar, deitando-se sob a copa de uma frondosa árvore. Ela era tão imensa que o mensageiro fixou seu olhar demoradamente, pensando por quanto tempo ela já estava ali ouvindo histórias e conhecendo homens e mulheres que por lá passavam. No embalo de uma brisa quente, o jovem adormeceu, embora não fosse o momento ideal para isso. Em seu cochilo, sonhou que estava numa enorme planície e lá havia toda espécie de árvores. Elas conversavam entre si anunciando uma novidade que estava por chegar à região. O menino aguçou os ouvidos a fim de tentar ouvir o teor daquela estranha conversa. E, ainda que se esforçasse, quase nada ouvia, porque elas pareciam estar sussurrando palavras inaudíveis. Ele apenas distinguia umas poucas palavras que eram carregadas pelo vento em diferentes direções: *Eles estão vindo. Estão vindo. Estão...*

Quando acordou, o mensageiro estava assustado. Abriu os olhos bem depressa para certificar-se de que não continuava sonhando, pois parecia que as árvores estavam rindo dele. Esfregou os olhos com o dorso da mão enquanto procurava seus pertences para continuar a viagem. Como não contava com aquela parada, teria que correr um pouco mais para alcançar seu primeiro ponto de parada e, ali, organizar o local para dormir naquela primeira noite. Não fez nenhuma parada mais. Correu o que pôde enquanto repassava em sua cabeça o sonho que tivera, tentando encontrar uma pista possível para compreender o que estava ocorrendo com sua gente.

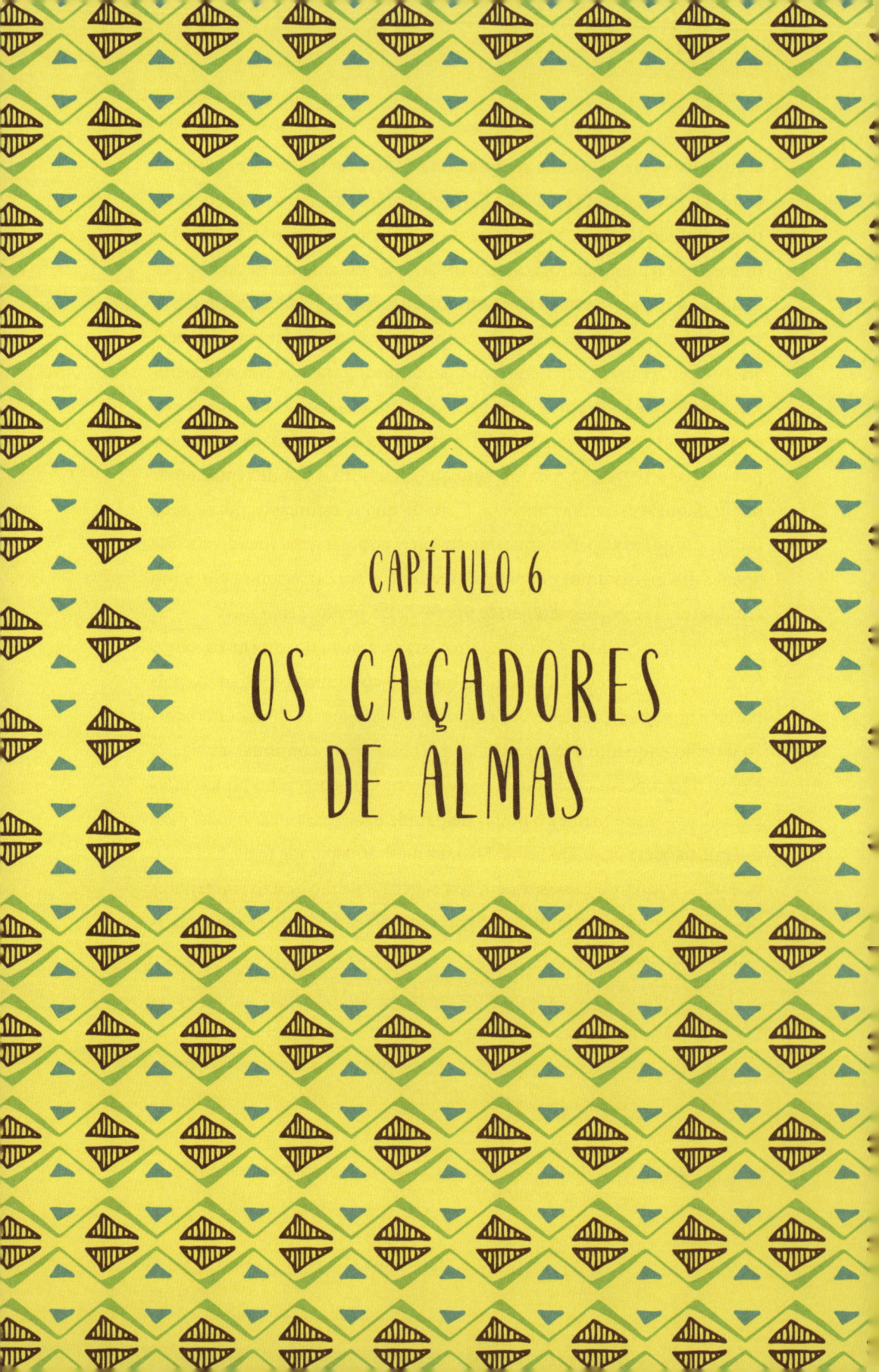

CAPÍTULO 6
OS CAÇADORES DE ALMAS

Fazia tempo que não chovia pela aldeia de Anhangá. Os pajés mais fortes já haviam sido chamados para dançar e cantar pedindo que a chuva viesse molhar o chão da aldeia e com ela trouxesse o barro para fazer material de uso diário. Queriam poder plantar a mandioca e também ver crescer os frutos das árvores nas grandes copas para alimentar o corpo das crianças e dos jovens. Queriam poder sair à procura dos animais que se aproximam atrás de água fresca trazida pela chuva. Mas já fazia muito tempo que isso não acontecia, e a sede já se fazia sentir por toda a região.

Os pajés diziam que era por conta da descrença que estava se espalhando por toda a aldeia. As pessoas já não queriam mais cantar, os cantos antigos e muito menos fazer os rituais de gratidão, tão necessários para que a terra não retirasse suas bênçãos da comunidade. Mas tudo já andava sem sentido para os moradores do lugar, porque tudo parecia estar se acabando, desde o dia em que o velho Karaíba por ali passou, deixando notícias de penúria e tristeza.

Anhangá já aguardava notícias de outras comunidades. Tinha mandado um mensageiro, mas este jamais retornou; pode ter sido atacado por algum animal ou inimigo que encontrou pelo caminho. Sabe que se não der algum sinal de esperança para sua gente, logo o desespero tomará conta de todos e será impossível prever o que poderá acontecer. Se ao menos o chefe de Piratajuba mandasse seu mensageiro, já seria uma grande vitória. Só poderão contar com eles de agora em diante, pois não adianta nem mesmo prometer uma batalha para seus guerreiros, que já estão muito desanimados para fazer grandes caminhadas e, ainda por cima, com os ânimos destruídos pelo calor intenso. É como se houvesse uma grande epidemia entre seus homens, que os estivesse debilitando.

O valente chefe ficava por horas andando de um lado para o outro a fim de encontrar solução para o dilema que vivia. Sua gente estava esgotada pelo calor; suas mulheres, famintas pela seca; e as crianças, desnutridas, choravam a noite toda. E nenhuma notícia chegava de outros lugares. Por que aquilo estava acontecendo? O que ele teria feito de errado? O guerreiro buscou em sua memória os motivos desse sofrimento todo e encontrou um pouco de alívio quando conversou com o sábio da aldeia.

– Meu avô precisa me dizer o que precisamos fazer, qual caminho seguir. Nada nos meus sonhos me dá uma ideia do que ocorre. Tenho virado a noite sem poder dormir e, mesmo assim, não encontro explicação.

– Meu neto é valente guerreiro. Está buscando no lugar certo a resposta? Está buscando dentro de si?

– E o que há dentro de mim que me ofereça uma resposta, vovô?

– A chuva escassa provoca morte. A terra seca dá sinais de escassez e tempos difíceis. Nossa gente não sabe olhar para a frente e encontrar um jeito de organizar o alimento necessário para dias como estes. Por certo, iremos passar por isso tudo e ainda vamos rir da situação. Parece que meu neto precisará juntar seu povo e colocar-se a caminho novamente.

– Sair daqui outra vez? Não faz muito tempo que por aqui chegamos, meu avô. Esta terra tem sido generosa para todos nós. Sair daqui para morrer em outro lugar?

— É uma escolha difícil, meu neto, eu bem sei. Em tempos antigos, nossos antepassados escolheram caminhar para outras terras. É por isso que hoje estamos aqui. Tenho a impressão de que somos vítimas desse apego a um lugar que não é nosso. Talvez tenhamos que ir adiante para não dar aos devoradores de almas motivos para nos pegarem desprevenidos.

— Meu avô está voltando a insistir num assunto que já deixamos para trás. Construímos aqui nossa aldeia e temos sido felizes esse tempo todo. Aqui não encontramos resistência para vivermos nossa vida. Temos enterrado nossos mortos neste chão. Será que precisaremos deixar tudo para trás de novo?

— Meu neto é o chefe guerreiro e sabe o que pode ser melhor para seu povo. Mas digo as palavras dos ancestrais para que você não seja vitimado por seu orgulho. Meu neto tem que pensar como um sábio e não apenas como um guerreiro disposto a andar sempre para a frente. Às vezes é melhor recuar para poder conhecer o inimigo.

Anhangá ouviu com atenção as palavras do velho sábio, mas não pôde atendê-lo tão prontamente. Precisava esperar um pouco mais para poder escolher o melhor caminho a tomar. Não era uma atitude muito fácil, mas sabia que não deveria precipitar-se, para não correr o risco de colocar em perigo a vida de todos.

Pensando assim, deixou passar alguns dias enquanto aguardava um sinal dos antepassados. Mas a vida continuou do mesmo jeito. Depois do terceiro dia, reuniu toda a comunidade na casa do grande conselho e anunciou que deveriam partir imediatamente. Teriam que procurar um lugar novo para poder reorganizar a vida.

Houve um grande rebuliço entre os jovens. Alguns consideraram que o chefe estava com algum tipo de fraqueza nas ideias e isso fazia dele um covarde. Outros achavam que aquela seria a melhor solução, já que não havia nenhuma condição de sobrevivência naquele lugar seco. O melhor seria mesmo partir.

Apesar das posições contrárias ou não, Anhangá ordenou a partida para o dia seguinte, antes mesmo de o Sol nascer. Se alguém desejasse muito permanecer naquele lugar, que ficasse e ali morresse.

Quando o dia nasceu, todos partiram rumo ao nada. Um grupo de jovens guerreiros marchava à frente fazendo batidas nos lugares onde a comitiva iria passar, a fim de verificar a existência de algum perigo iminente. Foram dias difíceis e cheios de péssimas novidades. Algumas crianças não resistiram à dura caminhada e tiveram que ser deixadas pelo caminho, assim como senhores e senhoras com idade avançada.

A caminhada continuou com pequenas paradas para descanso. Todos reclamavam com o cacique sobre as condições daquela viagem, mas o chefe apenas dizia que tinha procurado fazer a melhor escolha para a sobrevivência de todos. Mesmo assim, as pessoas estavam revoltadas, principalmente por causa das perdas de vida e por não poderem ter tempo para enterrar os mortos com dignidade, para que pudessem ter um bom encontro com os espíritos ancestrais.

Foi apenas no quinto dia de caminhada que o chefe teve a certeza de sua escolha. Estava escurecendo rapidamente e um forte vento anunciava que a noite seria muito chuvosa. O chefe guerreiro buscou um abrigo em que todos pudessem alojar-se quando a chuva caísse. Reuniu seu conselho e contou aos presentes a razão de ter saído daquele jeito da aldeia que havia sido um lugar tão confortável durante tanto tempo.

– Eu tive um sonho. Nele a nossa aldeia era invadida por seres monstruosos. Tinham pelo em todo o corpo e no rosto. Não sabia de onde vinham nem o que queriam com nossa gente. Tentei conversar com eles, mas falavam uma língua muito estranha e confusa. Eram grandes e fortes. Eles se pareciam com macacos, mas não pulavam nem brincavam. Tinham um rosto sempre duro e voz de guerra. Fiquei com muito medo. Quando acordei, consultei nosso sábio e ele me disse que era preciso sair daquele lugar, pois o sonho tinha sido um aviso da chegada dos caçadores de almas.

O chefe fez uma pausa na narrativa. Tinha o rosto preocupado enquanto via sua gente ficar inquieta. Um de seus conselheiros tomou a palavra.

– Nós acreditamos na sua palavra, Anhangá. Por isso, elegemos você nosso chefe maior. Sabemos que seu sonho traz as palavras dos antepassados. No começo ficamos inquietos por não saber o que estava se passando em sua cabeça. Agora já sabemos.

O chefe agradeceu as palavras do sábio, mas não deixou de registrar que tinha conhecimento da insatisfação de outros membros do grupo, deixando claro que lamentava que pessoas estivessem ali apenas para dificultar o andamento daquela caminhada.

As palavras do grande chefe criaram certo rebuliço entre os presentes. Os jovens eram os mais revoltados com a situação. Um deles, Caapoassu, exaltado por sua experiência e conhecimento das coisas da floresta, adiantou-se e se fez porta-voz dos descontentes.

– Grande chefe é sábio, e não duvidamos de sua liderança. Apenas não entendemos como fugir de algo que não vemos. Como podemos temer um sonho? Somos guerreiros e fomos formados para lutar, enfrentar inimigos poderosos. Como fugir feito covardes de um perigo que não podemos ver?

– É isso mesmo, Anhangá – gritou alguém no meio do povo. – Não podemos sair correndo feito animais medrosos quando fomos educados para ser fortes. Temos nossa dignidade da guerra. Os inimigos chegarão à nossa aldeia e saberão que fugimos sem sequer lutar. Isso muito nos desonra.

Outros murmurinhos ainda se ouviram naquela noite. Anhangá permaneceu imóvel. Sua experiência o levava a ouvir todos os lados para poder fazer uso novamente da palavra. Tinha aprendido isso com seu pai, o maior dos guerreiros de sua gente. Ele nunca interrompia uma fala, mesmo que fosse contrária às suas decisões. Fazia assim para colocar em prática a frase que ele mais gostava de repetir: "Tupã nos deu dois ouvidos, mas apenas uma boca. É preciso saber ouvir bem para poder falar bem".

Depois que se tornou cacique, prometeu que continuaria a obra de seu pai, Tupicação, de dar uma vida melhor para todos de sua aldeia. Disse isso diante do corpo mutilado de seu pai, que havia sido covardemente assassinado por um desafeto da comunidade. O assassino teve que fugir para bem longe para não ser encontrado por ninguém daquela comunidade; caso contrário, seria ele também mutilado, conforme o costume da comunidade.

A decisão de não punir o malfeitor foi criticada por muitos da comunidade, mas Anhangá justificava dizendo que aquela seria a vontade de seu pai.

– Certamente esse delinquente encontrará seu destino pelo meio da floresta – costumava repetir.

O fato é que o chefe procurava ouvir todos antes de tomar a palavra. Mas, quando a tomava, sua voz era como um raio que cruza os céus sem medo de onde irá acertar.

– Quando acordei, depois de ter sonhado a noite toda, fiquei muito impressionado com aquele sonho, pois as criaturas que vira não se pareciam com nada do que eu conhecia. Por isso, corri para pedir conselho ao sábio da comunidade. Eu não sabia interpretar o sonho e muito menos enxergar alguma luz que me permitisse tomar a melhor decisão.

Fez uma nova pausa.

– Senti que, se fôssemos enfrentar aquelas feras, seríamos esmagados por elas. Por isso, eu preferi a retirada ao enfrentamento. Preferi que a gente tivesse um pouco mais de sobrevida, em vez de enfrentar aqueles monstros devoradores de almas. Cada um de vocês foi treinado para a batalha, e eu sei que quando chegar a hora saberão defender nossas crianças e nossas mulheres. Sei também que a hora da batalha vai chegar. Nós estamos batendo em retirada apenas para dar-nos tempo de conhecer quem vai nos atacar. No meu sonho, estava claro que iria surgir uma solução para essa dificuldade, pois vi que há uma mulher, que não pertence ao nosso povo, que será a mãe de um maíra que virá para juntar nossa gente.

Houve um silêncio geral. Não se ouvia um único sussurro no recinto... e mesmo os pássaros da noite emudeceram depois das palavras do sábio chefe.

– Os caçadores de almas estão chegando, e nada há que a gente possa fazer para mudar essa situação. Cabe-nos, neste momento, pensar em nossos avós ancestrais e pedir-lhes proteção e amparo, pois disso iremos precisar. Com certeza.

Aquela noite chuvosa foi a mais triste já vivida por aquela gente.

CAPÍTULO 7

A RAINHA DAS ÁGUAS

Potyra estava muito impaciente. Não sabia o que seu chefe estava esperando para organizar o ataque às malocas do cacique Anhangá. Eles tinham ouvido os mensageiros dizer que as crianças já estavam em idade de ser roubadas para que sua gente as criasse. Esperar mais seria muito ruim, pois elas passariam a ser educadas para a arte da guerra e provavelmente morreriam por seus pais e parentes.

A menina estava irritada também porque aquela seria sua primeira batalha de verdade. Tinha se preparado por muitas luas para poder enfrentar um inimigo real. Não aguentava mais esperar por esse momento glorioso em que mostraria aos seus pais que era digna de ser a próxima a comandar a aldeia. Estava pronta para ser a primeira mulher a entrar no campo de batalha e chefiar os guerreiros homens para a vitória de sua casa e seu povo. Depois disso, seu nome seria falado por muitas gerações e sua família, honrada para sempre.

Mas, se isso estava claro em sua cabeça, não parecia ser a maior preocupação de seu pai naquele momento. Na verdade, Potyra nunca o havia visto assim. Estava sem ânimo, sem alma. Seu olhar andava perdido por entre pensamentos distantes. Nas reuniões, quase não falava; como se quisesse ouvir a todos, coisa que nunca fizera antes. Isso a preocupava bastante.

Uma tarde, Potyra viu seu pai afastar-se das casas em direção ao mato. Sabia que era um andar diferente daquele que estava acostumada a ver. Ele tinha sempre passadas fortes e determinadas. Foi atrás dele. Escondeu-se por entre as árvores para não ser percebida. O homem continuou por um longo período até chegar numa área afastada que ela não conhecia. Ali, assentou-se sobre um tronco de árvore e ficou por um longo tempo a observar o vazio. Vez ou outra articulava os braços como se estivesse chamando alguém para participar com ele daquele estranho ritual.

Potyra já estava prestes a se aproximar de seu pai quando ouviu um barulho vindo do rio que passava à frente do local onde se encontrava o guerreiro. Escondeu-se mais ainda e tentou aproximar-se para ver o que era aquilo. Seu pai não apresentou nenhuma reação ao barulho e isso a intrigou ainda mais. Rastejou por entre as folhas e de onde estava conseguia avistar apenas um vulto que se colocou diante do chefe, e com ele parecia conversar amistosamente como se fossem velhos conhecidos. Potyra continuou se arrastando ainda mais para próximo de seu pai, buscando um lugar estratégico onde pudesse ver e ouvir o que se passava. Ainda assim, não conseguia visualizar a outra pessoa, mas podia ver seu pai gesticulando firmemente os braços como ele sempre fazia quando coordenava as reuniões do conselho da aldeia. E foi isso que a ajudou a ouvir melhor o que ele dizia.

– Não posso me atrever a invadir uma aldeia que está amedrontada. Seria covardia de nossa parte matar pessoas que não podem se defender. Nossos mensageiros dizem palavras que não são verdadeiras, porque eu sinto que Anhangá está vivendo momentos muito difíceis.

– Você não tem muita opção. A menina que nasceu homem já está se desesperando e logo não aguentará mais esperar.

– Mas é por causa dela mesmo que não quero ir para esta maldita guerra. Tenho medo de que ela sofra ou se machuque numa luta e...

— Não seja covarde, homem. Você sabe muito bem que ela só deixará de ser guerreira quando encontrar um guerreiro que a convença de sua real missão. Aí o encanto será quebrado, e ela será novamente uma mulher, e dará valentes guerreiros ao seu povo.

— Mas ela nutre desejos de ser a chefe da aldeia após minha morte. Que mal há nisso?

— Ela nasceu para ser mãe de um guerreiro que nascerá para proteger nossa gente. Se ela não for para a guerra, não encontrará jamais o pai dessa criança, e tudo estará perdido para nós.

O homem baixou os braços e sacudiu negativamente a cabeça. Depois olhou para a frente, encarou seu interlocutor e lhe prometeu que iria à guerra. Nesse momento, porém, um galho soltou-se de uma árvore próxima onde estava Potyra e fez o guerreiro dar um salto para trás a tempo de ver que alguém o estava espionando, sem conseguir, no entanto, ver de quem se tratava. Isso deixou o chefe bastante desconfiado, achando que bem poderia ser a própria Potyra. Sem se despedir de seu interlocutor, o cacique pegou sua lança e voltou para a aldeia em passos rápidos e decidido a descobrir quem ouvira sua conversa com a rainha das águas.

***

Potyra já havia chegado com muitos minutos de vantagem em relação ao cacique. Foi direto para sua casa. Chegou esbaforida e assustou sua mãe, que estava varrendo com sua velha vassoura de piaçava. A mulher notou que alguma coisa se passara com sua menina.

Aproximou-se dela, ofereceu água numa cabaça e a fez descansar sentada num banco encostado à parede. Foi ali, atônita, que viu seu pai chegar com passadas fortes em companhia de outros amigos. Ele estava com cara de poucos amigos, o que o fazia parecer ainda maior do que era. Imediatamente, sua mãe encostou-se ao marido e sussurrou algo em seu ouvido que o acalmou por instantes. Também ele foi até a bilha

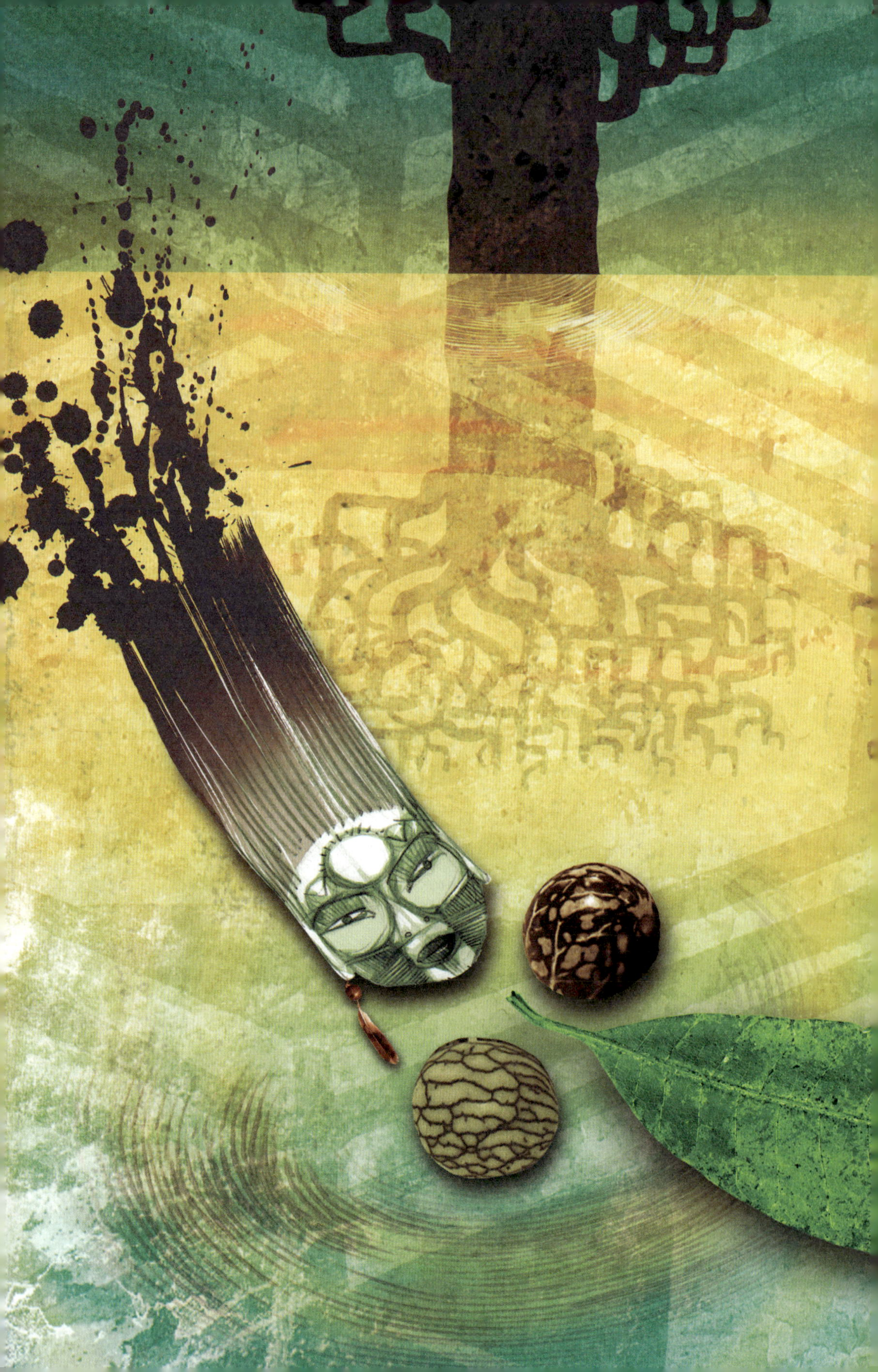

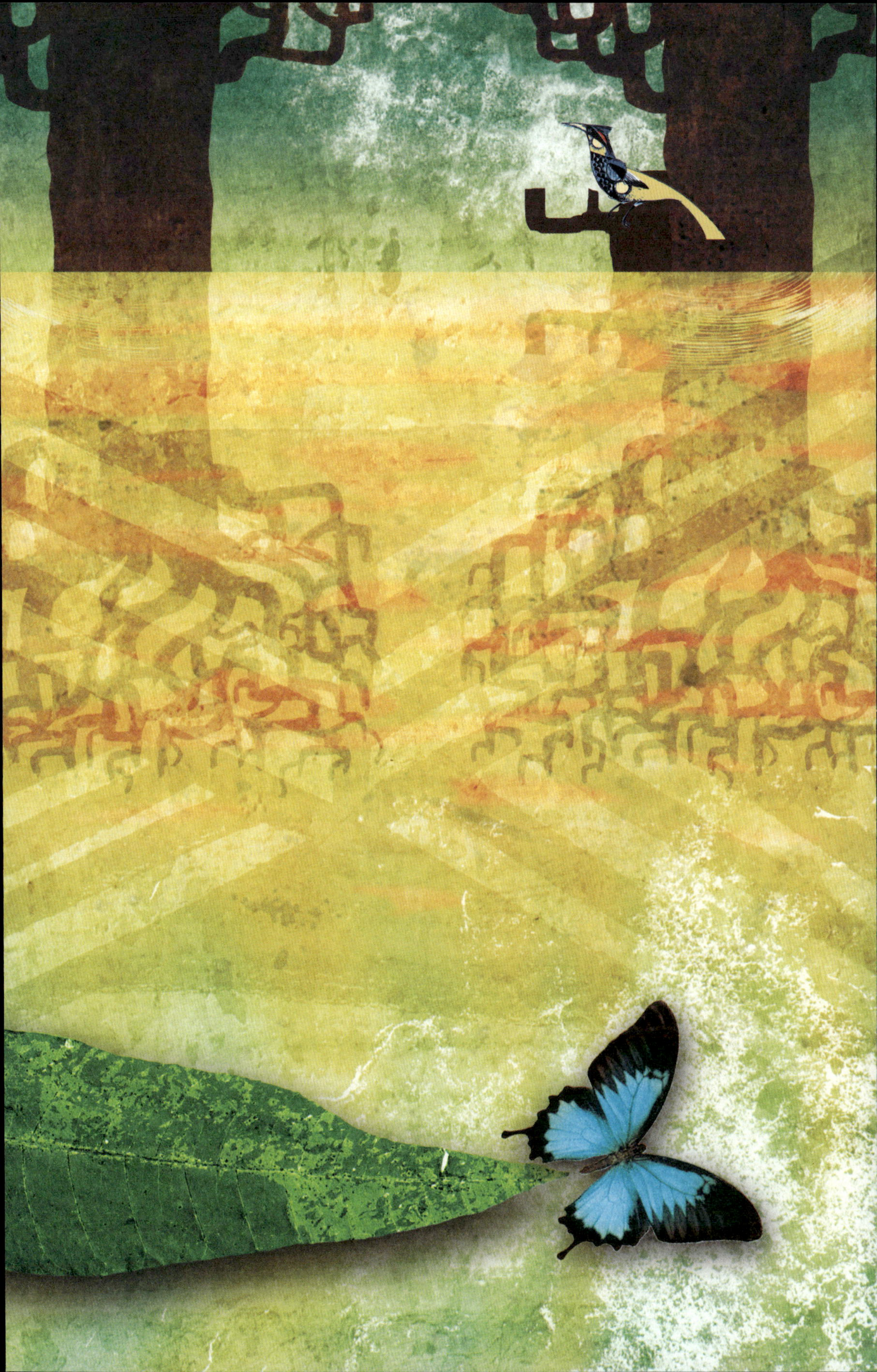

d'água e entornou o vasilhame diretamente na boca. Depois se sentou recostado à mesa que ficava no centro da cozinha. Por fim, pegou um grande cachimbo e o encheu de ervas do mato, e passou a tragá-lo lentamente enquanto olhava fixamente para o rosto pálido da guerreira.

A menina não conseguiu ficar calada por muito tempo e foi logo perguntando a ele sobre o que tinha presenciado na floresta. Apesar da pergunta cheia de confiança, o homem permaneceu em silêncio, fumando seu cachimbo. A menina não se deu por vencida e voltou a repetir a pergunta, dando a entender que exigia uma resposta.

O chefe se levantou do lugar em que estava e passou a andar pela casa totalmente vazia de objetos. Em cada curva dava uma baforada de erva que recendia pela casa, fazendo a menina tossir levemente.

– O que você presenciou é um dos mistérios que alimenta nosso povo. A maioria dos jovens pensa que as histórias que contamos são apenas imaginação da cabeça de nossos velhos. Não acreditam de fato que é possível conversar com os espíritos da natureza. O que você viu foi a rainha das águas, a Yara, nossa mãe protetora.

– E o que ela disse a você, papai? Vocês falavam de mim?

– Você anda um bocado vaidosa, minha menina. Pensa que todos estão sempre falando de você. Tome cuidado, porque essa atitude não deve ser a de uma guerreira que pretende ser a maior de todas.

A menina ficou um pouco envergonhada com as palavras de seu pai e se encolheu no canto da casa. Ainda assim, queria ouvir da boca do chefe o que conversaram.

– Nós falamos sobre você sim, Potyra. Yara quer que você vá à guerra contra os Tupinambás do norte. Ela disse que você vai encontrar um grande guerreiro, o qual irá convencê-la a se tornar sua esposa.

– Que loucura é essa, papai? Como assim, encontrar um marido no campo de batalha? Isso é muito pior do que casar com alguém do nosso povo. Eu não serei derrotada por ninguém e muito menos serei obrigada a casar com esse alguém.

O pai aproximou-se da filha e afagou seus cabelos longos amarrados. Depois voltou ao centro da casa e tomou novamente a palavra.

– Há muito tempo nossas avós invocam a presença da Yara e da Matinta quando querem compreender os caminhos de nossa gente. Essas nossas parentes da floresta se mostram mais para as nossas velhas. Elas são nossas guias e orientadoras. Suas palavras são sempre um bom motivo para tomarmos cuidado em nosso caminho pela floresta.

O sábio chefe parou de falar enquanto contemplava as feições de Potyra. Notou que ela estava confusa com todo aquele palavrório.

– Existe uma profecia entre nossa gente de que haverá um menino capaz de reunir todos os nossos povos num só contra o demônio que virá de longe. Esse menino será grande em coragem e nascerá como fruto do casamento de dois povos inimigos. Yara acredita que o momento será agora, pois há notícias de que o tal demônio já está se aproximando.

Potyra ficou arrepiada com as palavras solenes de seu pai. Quis perguntar algo, mas foi impedida por um gesto dele que a mandou sair, pois queria ficar sozinho.

Deu apenas uma ordem para seu principal guerreiro.

– Preparem-se todos. Iremos partir amanhã cedo. Vamos levar apenas o que for possível carregar nas próprias mãos. Nada de víveres ou grandes volumes. Minha expectativa é chegar, combater, fazer prisioneiros e voltar o mais rápido possível para nossas casas. Pretendo estar longe quando a coisa piorar.

E dispensou o guerreiro.

CAPÍTULO 8
NOS COMPASSOS DO BEIJA-FLOR

Perna Solta se abaixou quando percebeu que havia movimentação numa clareira mais à frente. Procurou manter o domínio da respiração para não denunciar sua posição àqueles que poderiam ser seus inimigos mortais.

Tentou aproximar-se ainda mais do local na tentativa de ouvir algo. O som que vinha da clareira se apresentava sempre mais difícil. "Se for algo humano, com certeza não se trata de algum povo amigo", pensou o jovem. As palavras não se encontravam na sua cabeça, e isso o fazia arrastar-se cada vez mais para perto da clareira.

Imprudentemente, o jovem pisou num galho seco que estralou. De imediato o vozerio cessou. Perna Solta se encolheu no seu canto e ficou esperando os acontecimentos. Foram longos minutos enquanto via que os homens estavam à sua procura.

Ficou feliz por ter encontrado uma caverna cavada na pedra e ter tido tempo de pular para dentro dela quando o galho se espatifou. Ali, pôde se ajeitar melhor e se esconder dos seus perseguidores.

O que não tinha ficado claro ao mensageiro é quem eram aquelas pessoas, ou seja lá o que fossem. É verdade que Perna Solta não avistara ninguém concretamente, mas as palavras que saíam da boca delas eram totalmente incompreensíveis. Ficou ali escondido por longo tempo ainda, até ter certeza de que as criaturas haviam ido embora.

Perna Solta estava com medo. Já ouvira falar de muitos espíritos que vagam pela floresta atrás de almas para devorarem, mas nunca tinha visto nada igual. E o que o deixou ainda mais inculcado foi o fato de estarem fora de seu tempo de ataque, pois eles sempre se apresentam pela noite e devoram suas vítimas quando o Sol já se foi há muito tempo. O que eles estariam fazendo andando durante o dia?

Outra consideração do rapaz era a possibilidade de aquelas aparições não serem fantasmas ou espíritos noturnos, mas homens de verdade. "Nesse caso", pensava o jovem, "quem eram eles e o que estariam fazendo no território dos povos tupi?" Tinha certeza de que não se tratava de parentes, mas de gente vinda de fora.

O mensageiro decidiu subir numa alta árvore para tentar examinar a área onde estava. Lá do alto talvez tivesse uma visão melhor de tudo. Subiu sem dificuldades. Sempre gostara de subir em árvores para brincar com os colegas. Havia entre eles verdadeiras competições para comparar as destrezas em subir e descer das grandes copas. Perna Solta quase sempre ganhava, especialmente por conta de sua fraca compleição física, que o colocava em vantagem sobre os demais.

De cima da árvore o menino não visualizou quase nada. Percebeu apenas um longínquo fio de fumaça que subia por sobre umas copadas de árvores. Mas estava longe e em outra direção. Teria que seguir adiante para não perder mais tempo. Aqueles homens tinham vindo do grande paranã, que era onde seu tio Anhangá vivia e para o qual tinha que levar uma mensagem tão logo passasse pelas terras de Apoena, o principal de Turiaçu.

O garoto desceu da árvore com olhar preocupado. Poderia ter acontecido algum ataque na aldeia de seu tio ou ainda poderia acontecer. Sabia que tinha que correr o máximo que podia para tentar chegar antes daqueles homens. Apesar disso, o que ele poderia fazer? As duas aldeias às quais tinha que levar a mensagem de Kaiuby ficavam distantes entre si e não seria sensato mudar de rumo agora que estava tão perto de

Turiaçu. Mas ele não podia ficar indiferente aos acontecimentos. Tinha que decidir qual caminho tomar.

Por alguns momentos, parou e fechou os olhos procurando distinguir sons que pareciam vir do meio da floresta. Aguçou os sentidos enquanto virava a cabeça em todas as direções. Depois fixou seu corpo, abriu os olhos e mirou o céu procurando descobrir as horas que faltavam para o dia cair. Calculou algo em torno de quatro horas. Se ele se apressasse poderia chegar antes de o Sol cair de vez e, assim, descansar na casa de seu tio Anhangá por aquela noite. Na manhã seguinte partiria para Turiaçu. Certamente, o sábio Apoena entenderia sua decisão.

Bem mais otimista com aquela possibilidade, o jovem arrancou na direção escolhida, mas acabou esquecendo próximo à gruta de pedra o colar que tinha ganhado do chefe Kaiuby, e que havia tirado do pescoço para não destruí-lo quando subisse na árvore. Só bem mais tarde perceberia isso.

De qualquer maneira, o jovem abriu uma grande vantagem. Sabia que estava no caminho certo e, se tudo seguisse seu planejamento, logo estaria na aldeia de Turiaçu e poderia reaver o tão importante colar.

CAPÍTULO 9

CORPOS NO CAMINHO

Não foi muito agradável para Perna Solta deparar-se com os corpos abandonados pela floresta. Já estavam sendo devorados por abutres e outros animais que comem carniças deixadas nas estradas e espalhadas pelos lugares. O jovem não sabia o que pensar. As crianças pareciam ter sido abandonadas pelos pais enquanto estes fugiam de algum tipo de monstro. Ficou imaginando se seriam os mesmos homens que avistara horas antes. Mas descartou essa possibilidade por causa da direção em que seguiram. Havia outra explicação para isso.

Na medida em que ia deixando os corpos para trás, o rapaz buscava informações em sua cabeça para tentar montar aquele quebra-cabeça. Não lhe parecia que seu tio Anhangá seria capaz de deixar crianças tão pequenas para serem devoradas por animais. Elas estavam mortas quando chegaram ali. Rastreador experiente que era, foi buscar pistas deixadas nas folhagens. Viu que muitas pessoas passaram por ali; todas correndo com certo desespero. Buscou a origem das pegadas e descobriu que elas estavam vindo da aldeia Turiaçu. As pessoas estavam, portanto, fugindo daquele lugar. Mas o que o intrigava era o motivo pelo qual isso havia acontecido. Sabia que seu tio não faria uma coisa dessas, a não ser por uma boa razão. Especialmente devido ao costume antigo de respeito aos mortos.

O mensageiro preferiu não ficar ali especulando a respeito do ocorrido. Colocou os pés na estrada para descobrir o que havia de fato acontecido. Pelo caminho, topou ainda com os corpos de dois velhos. Além disso, viu que as pessoas saíam mesmo com tanta pressa, que iam deixando seus pertences ao longo do caminho.

Quanto mais o jovem se aproximava da aldeia, mais seu coração dava pulos de expectativas. Já principiava a chorar quando chegou ao centro da aldeia Turiaçu. Totalmente deserta. Havia um silêncio aterrador. O menino quis gritar, mas não conseguiu. Apenas, ajoelhou-se no chão e levou as mãos ao rosto, balançando a cabeça, num gesto desesperador.

Por sua cabeça passavam muitos motivos para aquele acontecimento, mas nenhum parecia justificar o abandono do lugar, tão amado por seus tios e pelo qual seus amigos haviam dado a vida numa batalha que durou muito tempo.

– E agora? – perguntou o rapaz sem esperança de obter resposta. – Que notícias irei levar para meus amigos que esperam por mim? Serei eu o profeta da dor para as pessoas que eu amo?

Eram perguntas sem respostas, mas que refletiam a dor que o jovem sentia. Cabia a ele retornar à sua aldeia e relatar à comunidade tudo o que havia vivido naquela viagem. Não tinha de decidir o que fazer, apenas noticiar o que havia ocorrido.

Totalmente envolvido no seu sofrimento, não percebeu que alguém o chamava com uma voz muito apagada. Era uma anciã que tinha preferido ficar na aldeia. Quando a viu, Perna Solta foi tomado de uma felicidade sem fim. Dirigiu-se à velha mulher e já queria fazer muitas perguntas. A doce senhora, porém, não o deixou falar. Convidou-o antes a tomar mingau de banana em sua casa. O mensageiro entendeu então que não adiantava sair correndo para levar a notícia, enquanto não ouvisse o relato daquela gentil senhora.

– Nosso cacique decidiu que deveria sair o mais rápido possível daqui, meu neto. Seus sonhos estavam pesados e seu espírito, inquieto.

Nada lhe permitia ver qual seria o futuro de sua gente ao permanecer aqui. Então, preferiu partir levando todos consigo, mesmo sabendo que alguns não conseguiriam acompanhar o ritmo da caminhada.

– Encontrei alguns parentes mortos deixados pelo caminho. Fiquei muito triste ao ver que a pressa não havia permitido que os enterrassem com as honras que merecem.

– Meu neto tem razão em ficar triste, mas não precisa achar que o chefe fez isso por maldade. Ele seguia sua intuição de líder. Quem está à frente sempre precisa tomar decisões que às vezes não agradam a maioria. Preferi ficar, pois sabia que não aguentaria um único dia de caminhada. Outros preferiram ir, mesmo sabendo de suas condições físicas. As escolhas são sempre um ponto de honra para nossa gente.

– Por que eles fugiram tão rapidamente, vovó?

– Maus presságios. Ventos gelados em tempos quentes. Não são bons sinais. Chuva que não molha o chão no tempo certo, sinal de sofrimento. Coisas ruins vão acontecer. Melhor é correr para outro canto.

O jovem ficou mastigando no pensamento aquelas palavras da velha. Seu povo sempre teve uma estranha sabedoria, que aprendeu vendo as coisas da mãe-natureza. São sinais que ela apresenta e que indicam o que virá pela frente. "O futuro é apenas um buraco no presente", dizia seu velho avô. E ele tinha aprendido que é um buraco do tamanho exato para se olhar apenas de relance. Tinha aprendido que era assim que funcionavam os sonhos do Karaíba. Mas eram sonhos confusos e que não diziam com clareza o que iria acontecer de fato. Eram apenas sinais, traços, pistas. O restante eram expectativas.

– Por que não podiam esperar os acontecimentos aqui mesmo, minha avó?

– Quando o que vai acontecer é o pior não se deve esperar. É isso que você deve fazer também, meu neto. Vá. Parta em direção à sua aldeia. Não se desvie do seu caminho. Sua missão é contar a todos essa história. Eles devem se preparar para o que os sinais estão querendo mostrar. Você não deve mais ocupar-se com esta velha condenada pelo tempo.

Dizendo isso, a velha se retirou para sua rede. Perna Solta tratava de arrumar suas coisas enquanto era por ela observado e ouvia seus conselhos. Perna sabia que não adiantaria insistir para que ela viesse com ele para a aldeia. Ela já tinha tomado a decisão de ali permanecer e encontrar seu destino.

Assim, quando o jovem mensageiro estava prestes a partir, a velha sábia o chamou junto de si uma última vez e lhe confidenciou:

– Haverá guerra. Mulher guerreira é muito forte e decidida. Um homem terá que vencê-la para fazer nascer dela o herói que irá unir nosso povo de novo.

O menino quase nada entendeu. Ela não quis explicar. Despediram-se, e Perna Solta seguiu seu destino.

CAPÍTULO 10

FORTES VENTOS SOBRE MARAÍ

– Acorda, Maraí. Seu sonho está muito nervoso. É melhor lavar o rosto com as águas frias do igarapé.

– Não sonho. Vejo. Sangue, luta... Perna, onde está você, meu amado?

– Você tem que acordar, minha filha, senão o espírito da morte vem te buscar e levar para o lugar dos mortos.

– Se não vou poder ter o amor de Perna Solta, também não quero viver.

– Ele logo estará aqui, Maraí. Acalme-se, mulher.

Ninguém estava entendendo direito o motivo pelo qual Maraí acordara sobressaltada na quinta noite que o mensageiro partira. Antes estava calma e até feliz. Naquele dia tinha conversado com as amigas e contado seus planos de casar com Perna Solta tão logo esses alvoroços cessassem de vez. As moças da aldeia fizeram festa pela alegria da doce menina. Todas sabiam que era a única oportunidade que o moço teria.

Nos planos de Maraí estava a construção de uma linda casa, e pensava em ter uma penca de filhos para correr pelo terreiro. Tinha planos de plantar um pomar repleto de muitas frutas para alimentar sua prole. Teria manga, abacaxi, taperebá, muruci, uxi, mari, umari, ingá-xixica, pequi, pequiá e muitas outras frutas. Seu sonho era poder ter animais da floresta que seriam criados perto da casa. Como seu marido não poderia sair em busca de caça, faria um local onde os animais ficariam esperando o abate. Dessa maneira, teriam sempre carne para dar aos filhos.

Mesmo o roçado onde plantariam mandioca, batata-doce, inhame e cará seria organizado pertinho da aldeia para que Perna Solta pudesse ir e voltar sem fazer muito esforço e sem se cansar demais. Se pudessem, iriam criar um jeito de fazer a água vir lá do igarapé direto para a casa. Isso evitaria ter de descer a ladeira que separava a aldeia do rio. Ela sabia que fazia tempo que o noivo estava observando os lugares por onde passava para copiar as novidades que outros inventavam. Acreditava na inteligência do amado e sabia que eles seriam muito felizes juntos.

E, por ter falado essas coisas para as amigas, é que ninguém entendia direito por que a menina estava tão inquieta naquela noite. O que todas lembravam era que ela tinha conversado algumas horas antes com o pajé sábio. E foi com ele que elas contaram para buscar a tranquilidade que a jovem precisava.

Uma das amigas acendeu uma tocha e saiu pela noite para procurar o sábio. Ele devia conhecer que remédio oferecer a Maraí. Alguns minutos depois, ela o encontrou descansando em sua maloca. Acordou-o com muito cuidado e contou o ocorrido. O velho homem pegou alguns objetos e dirigiu-se à casa da jovem. Lá chegando, percebeu que ela estava perdida no mundo dos sonhos e dele não conseguia sair porque sua cabeça estava confusa.

Pediu que todos se retirassem, pois precisava ficar sozinho com a menina. Apenas dois assistentes permaneceram no local. O restante da comunidade teve que sair e aguardar do lado de fora da casa. Então, o homem desembrulhou de um surrado pano uma flauta toda feita de barro. Era um instrumento muito bem elaborado. Trazia desenhos grafados em toda a sua extensão e, embora não fosse muito grande, dava para perceber a delicadeza do instrumento manuseado de maneira muito elegante por aquele velho.

O silêncio que gritava na noite foi quebrado pelo doce e encantando som da flauta que fazia todos no lugar se sentirem inebriados por seu toque. A própria Maraí, que ainda habitava o mundo dos sonhos, foi ficando mais calma e se deixando levar pela melodia. Aos poucos, sua respiração foi se normalizando e seu espírito foi ficando mais leve, até se entregar totalmente ao sono. Finalmente, Maraí tinha deixado de sonhar.

O homem velho ficou ali esperando alguma reação da menina, mas nada aconteceu. Os curiosos se aproximaram para entender o que havia se passado no espírito dela, que tinha sido criada como parente. O sábio reuniu todos e foi contando sua história.

– O mundo em que nos movemos não é único. Há o mundo dos sonhos, para o qual sempre nos deslocamos quando dormimos. Lá, nos encontramos com os parentes que o habitam. Eles nos falam das coisas que acontecerão no nosso caminho.

– E a gente pode entender, meu avô?

– Claro que sim! As coisas são ditas para cada um de nós. É um momento muito solitário. Algumas vezes há muito ruído, muito barulho. Então deixamos escapar. É por isso que incentivamos nossas crianças a contarem seus sonhos quando acordam pela manhã. Fazemos isso porque, às vezes, as mensagens para a comunidade podem ser passadas pelas vozes das crianças.

– E o que aconteceu com Maraí, vovô?

– Maraí é muito sensível. Capta fácil. Ela ouviu conversa do Universo. Pensou que era para ela. Pensou que era para o seu homem. Pode ser que seja mesmo. Isso a fez ficar inquieta e com medo de acordar. Espírito de homem e mulher é bem confuso quando entram sentimentos. Espírito ouve mais que deveria e deixa confusão. Não dá para saber o que Maraí sonhou. Agora já passou. Amanhã ela volta ao normal e poderá contar para todos o que seus olhos de dentro viram. Vamos dormir.

E todos seguiram para suas casas.

CAPÍTULO 11

AS ICAMIABAS — MULHERES GUERREIRAS

Potyra arremessou com força sua flecha em direção à bananeira, acertando o alvo em cheio. Todos gritaram com euforia. Era a terceira flecha que acertava o mesmo local. Isso a tornava a melhor arqueira da aldeia. Tinha sido assim desde quando completou 12 anos de idade e passou a se dedicar inteiramente às artes da guerra. Não que seus pais gostassem da ideia, mas acabaram deixando acontecer, achando que se tratava apenas de um capricho de menina, que logo esqueceria aquilo e passaria a viver sua preparação para se tornar uma mulher.

O tempo passou e Potyra simplesmente ia se aperfeiçoando cada vez mais naquela arte, deixando para trás as coisas próprias das meninas. As mulheres da aldeia, que no início achavam muito engraçado aquele gosto de Potyra pela arte dos garotos, passaram a tecer duras críticas ao comportamento dela, dizendo não se tratar de algo próprio para a filha de um líder. As meninas da mesma idade logo se voltaram contra seu comportamento e a hostilizaram.

– Potyra não pode continuar se comportando como um homem – diziam as mulheres nas reuniões do conselho.

– Ela precisa ser educada para ser continuadora da tradição de nossa gente. Precisa se preparar para casar e dar muitos e fortes filhos para que a memória de nossos antigos continue.

Os pais de Potyra ouviam com muito pesar todas aquelas palavras.

Procuravam convencer as pessoas de que não se tratava apenas de impor um desejo deles sobre o dela, mas de que a menina não admitia que ninguém se intrometesse na vida dela.

– Vocês são os pais dela. Cabe a vocês dizerem o que ela precisa fazer. Onde já se viu uma coisa dessas? Já pensaram se todas as nossas meninas começarem a se tornar guerreiras?

– Voltaremos ao tempo das Icamiabas. O tempo em que as mulheres mandavam nos homens e eram mais fortes e determinadas que eles.

– Esse tempo não mais voltará, minha gente – dizia o cacique, tentando convencer a comunidade de que Potyra estava apenas vivendo uma fase e que logo aquilo passaria.

– Mas o chefe não pode se esquecer de que foi assim mesmo que as guerreiras se tornaram mais fortes que os homens. Lembre-se de que, naquele tempo, os homens escravizavam as mulheres e as obrigavam a fazer tudo o que desejavam. Eles apenas faziam os serviços de caça e pesca, enquanto elas cuidavam da casa, preparavam comida, plantavam, colhiam, coletavam e educavam os filhos. Assim, viveram por muito tempo até que um dia nasceu Kaxi, filha da vitória-régia. Nasceu com o espírito predestinado a mudar aquele modo de viver. Quando Kaxi cresceu e foi tomando consciência das atrocidades pelas quais passavam as mulheres de seu mundo, tomou a decisão de lutar para que suas irmãs não fossem mais maltratadas pelos homens.

– O que aconteceu? – perguntou a velha que contava a história para um atento público. – Ela se preparou como um homem. Aprendeu a empunhar o arco e flecha, a lutar com bravura, não se importando se o outro parecia ser mais forte do que ela; aprendeu a controlar o medo e a delicadeza próprios das moças de sua idade. Depois reuniu algumas fiéis companheiras, preparou uma armadilha e assassinou os líderes dos homens, tornando-os escravos. As mulheres passaram a tomar conta da vida da aldeia, obrigando os homens a realizar os trabalhos que antes eram próprios delas.

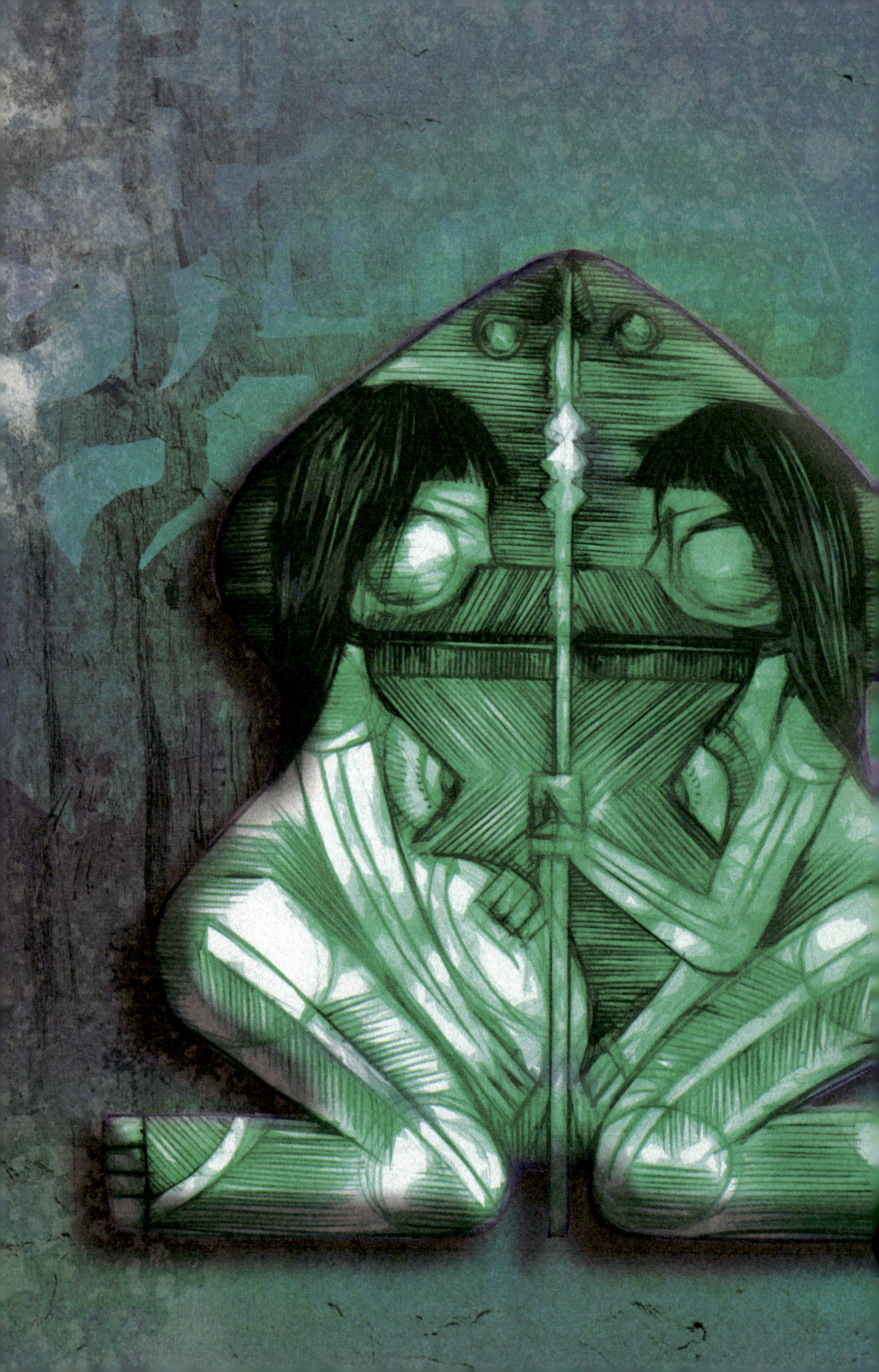

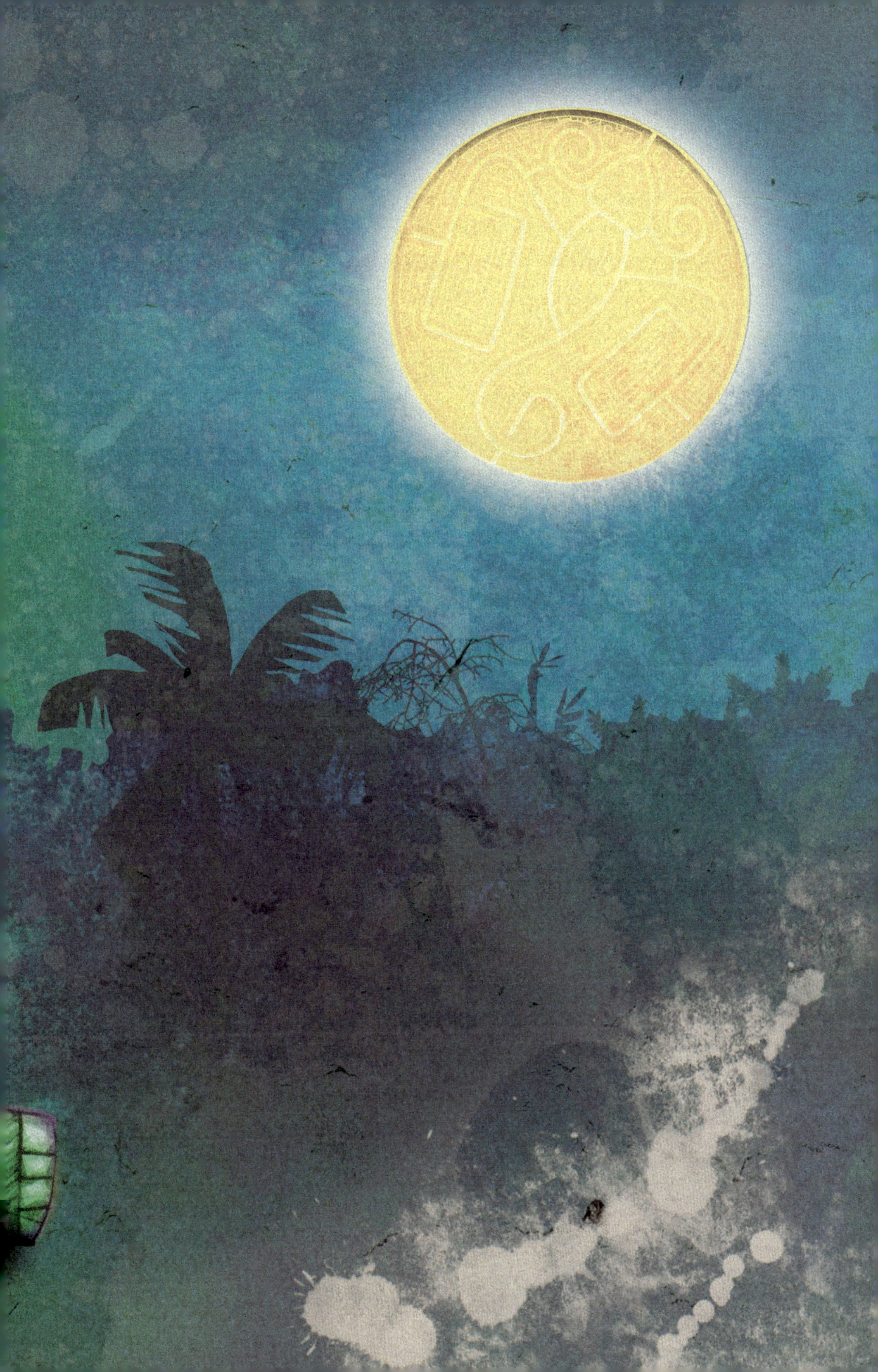

— E como elas tinham filho? – quis saber uma voz curiosa no meio do público.

— Quando as mulheres sentiam que estavam no período fértil, elas obrigavam os homens a dormirem na mesma rede. Tempos depois, nasciam as crianças, que seriam educadas na arte das Icamiabas. É claro que nem todas as crianças sobreviviam, especialmente os meninos. Muitos eram educados para se tornar escravos, outros, assassinados, pois não serviam para nada.

— Até hoje, os homens não servem para nada – disse alguém, arrancando muitas risadas dos presentes.

— Isso é só uma lenda. Nunca aconteceu de verdade. Não é, vovó?

— Lendas são histórias criadas para contar as verdades que nossas cabeças não conseguem alcançar. É como quando chove muito e a gente não pode ver do outro lado da aldeia. A gente não enxerga, mas sabe que as casas, o igarapé e a floresta estão lá olhando para nós. Lendas são histórias que dizem que é preciso tomar cuidado com os caminhos que queremos seguir.

Muitas vezes ainda as mulheres da aldeia discutiram a situação da menina Potyra, que ia crescendo como uma Icamiaba, mas alheia aos comentários que faziam a respeito de sua condição de guerreira e mulher. No entanto, tudo poderia mudar de uma hora para outra e isso animava o pai da menina, que agora estava convencido da necessidade de colocar a garota na rota da guerra. Era essa a palavra da mãe das águas, a Yara, que já havia dito que, assim, ela encontraria o companheiro ideal para fazer nascer o guerreiro que uniria diferentes povos na proteção da memória ancestral.

CAPÍTULO 12

ENCONTRO DE DOIS DESTINOS

Anhangá chamou Periantã, seu mais forte guerreiro e filho de criação, para uma conversa. Queria que o jovem tomasse meia dúzia de valentes rapazes e preparasse uma estratégia para um ataque. Não deu detalhes ao menino, apenas lhe garantiu que havia algo no ar que exigia que ele tomasse aquela providência.

Periantã não entendeu nada, mas fez o que o chefe lhe havia pedido. Sua primeira providência foi tirar um grupo de destemidos guerreiros para uma conversa ao pé do ouvido. Tudo seria organizado em sigilo absoluto para não assustar as outras pessoas, que estavam cansadas dos dias de caminhada que haviam feito. Todos se reuniram numa clareira da mata. Anhangá veio ao encontro deles. Fez um pequeno ritual convocando os espíritos dos antepassados para se tornarem presentes naquele momento. Todos os jovens estavam compenetrados quando o chefe tomou a palavra.

– Haverá uma guerra, meus filhos. Poderá ser uma guerra sangrenta. Mortos poderão estar nas nossas fileiras e nas fileiras de nossos inimigos. Para que fazemos guerra? Para honrar nossos antepassados. Fazemos também para dar continuidade à nossa memória ancestral. Fazemos por nossas famílias e por nossas esposas.

Fez-se um grande silêncio. Todos ouviram com atenção as palavras do chefe e o seguiram quando ele se acocorou, pedindo que formassem um círculo, onde passou a desenhar riscos no chão. Era um mapa que mostrava os pontos estratégicos da região, o que revelava o profundo conhecimento do líder. Segundo ele, a peleja deveria ser a mais curta possível para evitar mortes. Para isso, partiriam em canoas rio abaixo, onde deixariam os barcos e seguiriam a pé por mais seis horas de viagem, até se aproximarem do acampamento dos Tupinambás do norte. Ali pernoitariam e, de madrugada, atacariam a aldeia de surpresa, evitando mortes desnecessárias e trazendo consigo um único prisioneiro.

Houve alguma inquietação no grupo. Não entendiam por que fariam um ataque a fim de prender uma única pessoa.

– Sei que não entenderam muito do que lhes disse. Não importa. Vamos em frente e façamos como deve ser feito. Mais tarde todos entenderão. O importante é que estejam atentos para que nada de mal aconteça a mais ninguém.

Os rapazes concordaram e acharam o plano do cacique muito inteligente. E, assim, voltaram para a aldeia para os últimos preparativos. A saída seria na próxima lua nova.

***

– Venha, Potyra – gritou de longe o pai da menina.
– Vamos para onde, papai? – quis saber.
– Você já saberá. Corra!

Potyra saiu em disparada. Algo lhe dizia que o momento estava chegando. Alcançou seu pai em poucos segundos e o seguiu sem dizer palavra. Em seguida, notou que outros jovens guerreiros também o alcançavam, fazendo aumentar suas suspeitas a respeito dos motivos daquela reunião.

– Finalmente chegou minha hora – pensou alto, fazendo seu pai fitá-la. Depois ficou encabulada.

Na clareira que abria espaço para chegar ao igarapé o grupo parou, formando um círculo. Ainda não tinha os corpos pintados para a guerra, como pedia a tradição. Tudo era um segredo guardado entre guerreiros e assim precisava permanecer até o exato momento do ataque, para não assustar a comunidade.

E foi ali, naquele local, que o grupo de guerreiros acertou os detalhes para o ataque que faria à aldeia Turiaçu, do temível cacique Anhangá. Depois, partiriam rumo à aldeia do velho Tibiriçá, onde fariam o apresamento de crianças e mulheres. E tudo aconteceria no princípio da próxima lua nova.

***

Perna Solta vagava pela floresta. Tinha andado um bom trecho e muito ainda faltava para alcançar à aldeia. Sabia que não chegaria antes de a lua nova se iniciar. Estava feliz em saber que voltaria a ver sua Maraí. Seus momentos de devaneios enquanto descansava da caminhada eram devotados a ela. Não sabia explicar direito como sua cabeça acabava encontrando os olhos de Maraí. Mesmo quando estava concentrado em algo, bastava uma pequena distração e logo a imagem de sua pretendida enchia o vazio. Tudo nela era motivo de alegria. Seus olhos amendoados, sua boca pequena, seus cabelos longos amarrados em tranças. Seu sorriso, sempre cheio, e seus belos dentes afiados marcavam sua fronte, deixando à mostra os sinais da beleza feminina que ele tanto gostava de ver.

O mensageiro sabia que no início não tinha simpatizado com Maraí. Ela era muito solitária e veio trazida das bandas do norte como prisioneira de guerra. Era ainda menina quando por ali chegou. E, por ser escrava, não tinha privilégios. Nas noites sem Lua, a menina cantava uma melodia triste. Cantava sua dor.

Quando meu povo chegar
Os guerreiros irão trazer a dor
Irei sorrir feliz
Pois volto ao meu lar.

> Lá onde estão meus pais
> Seus olhos se voltam para mim
> Sei que me virão buscar
> Pois sou um tupiniquim.

Perna Solta ficava espiando de longe a menina crescer sendo provocada pelas mulheres de sua aldeia. Elas diziam que Maraí havia sido abandonada e que ninguém jamais a viria buscar. Diziam que a jovem tupiniquim iria parir filhos dos guerreiros tupinambaranas, e que essas crianças depois lutariam por nosso povo contra seus antigos parentes. Maraí nada respondia. Preferia ficar quietinha no canto soluçando a própria dor. Vez ou outra se esforçava para entoar a cantiga da esperança.

Assim se passava o tempo, e a menina crescia em beleza, levantando a cobiça dos homens guerreiros, que a desejavam para si. Mesmo as moças tupinambaranas ficavam enciumadas quando percebiam que os jovens lançavam sobre Maraí seus olhares. Não era incomum surgirem brigas entre os casais por causa da estrangeira.

Perna Solta a admirara, mas não nutria muita esperança de um dia poder conquistá-la, pois ele tinha, ou melhor, nada tinha que uma jovem quisesse num rapaz de sua idade. Suas pernas finas condenavam-no para sempre a ser um solitário. Já tinha se convencido de que sua admiração não seria o suficiente para conquistar aquela a quem aprendera a amar.

"Ainda bem que me enganei", pensou o mensageiro. Na verdade, a própria Maraí nutria grande admiração por ele. Era um sentimento escondido, que ela só lhe revelou alguns dias depois de ele tê-la aceitado como pretendente. Ele recorda, com carinho, o diálogo entre eles, acontecido numa noite de lua nova.

Foi ela quem puxou assunto.

– Você vai cumprir sua missão, mas tem que prometer que irá pensar em mim.

Perna Solta enrubesceu, mas balançou a cabeça afirmativamente.

– Claro que meus pensamentos serão todos seus, sempre. Mas fico preocupado com você aqui, sozinha, enquanto parto para essa missão.

– Você não tem que temer por mim, meu querido. Preocupe-se em fazer seu caminho. Quando voltar, estarei te esperando, aliás, como sempre fiz.

– Nunca soube que me esperava...

– Ainda assim, sempre te esperei.

E os dois ficaram admirando o céu estrelado enquanto juravam amor eterno.

CAPÍTULO 13

LUA NOVA

Anhangá foi o primeiro a despertar na primeira manhã da lua nova. Desde a noite anterior, já vinha consultando o céu atrás de informações sobre sua ação. Chamara o sábio e com ele conversara enquanto se preparava para a guerra que iria enfrentar dali a algumas horas.

Aos poucos, os jovens guerreiros foram se erguendo das redes e aprontando suas armas. As mulheres já haviam acendido o fogo na cozinha externa para preparar comidas quentes a fim de que os rapazes pudessem estar bem alimentados no momento de sua partida. Também o sábio pajé já estava de prontidão para oficiar a cerimônia que daria as bênçãos dos antepassados aos jovens guerreiros. Mães choravam enquanto pintavam o corpo dos filhos com motivo de guerra. O choro trazia um lamento que era parte do ritual que os preparava para a batalha.

> Meu filho é sangue do meu sangue
> Vai honrar seu pai e sua mãe.
> Vai mostrar ao inimigo que somos feitos
> De passado e de presente.
> Vai levar as marcas da nossa gente
> E matar o inimigo com honra e prestígio.

Quem morto for pelos seus braços
Alcançará a glória de Nhanderuvuçu.

Era um canto repetido vezes sem fim, enaltecendo a força e a coragem de seus valentes guerreiros. Então, já prontos e preparados para iniciarem sua jornada, o velho pajé conclamava as forças dos antepassados, fazendo-os repetir inúmeras vezes palavras de vitória e alegria. Todos cantavam com devoção enquanto sentiam braços e pernas se encherem de energia para o momento mais esperado por um guerreiro tupinambarana.

O chefe Anhangá conclamou a comunidade inteira ao silêncio. Permaneceu no meio da roda formada primeiro pelos guerreiros, depois pelas mulheres, velhos e crianças. Todos se uniram para dizer adeus aos seus homens. Sabiam que podia ser a última vez. As mães choravam enlutadas, as mulheres, sua viuvez e as crianças, sua orfandade. Os homens estavam firmes. Eram guerreiros. Foram treinados para o sofrimento. Traziam consigo a esperança do retorno, mas sabiam que estavam preparados para ficar enterrados numa terra estranha. Seria uma morte gloriosa pelo bem de sua gente.

Por fim, o velho Anhangá elevou os braços pedindo silêncio novamente. Tomou nas mãos o cachimbo que lhe foi oferecido pelo sábio e deu pequenas baforadas sobre as cabeças dos presentes. Sobre os guerreiros parou e gesticulou dizendo duas palavras para cada um deles. Então, foi ao centro da roda e falou com os espíritos antepassados.

"Grande Pai Nhanderuvuçu, que habitas as profundezas dos céus e da terra. És nosso pai primeiro, criador das belezas deste mundo que nos ofereceste para dominar. Somos gratos por isso. Somos gratos também pelos nossos pais antepassados, que se deixaram abater para que pudéssemos estar aqui. Estamos indo para a guerra, Pai. Vamos buscar os filhos que nos foram roubados e traremos crianças para serem educadas na verdade de nossa tradição. Traremos mulheres para que possam ser mães de verdade, para que possam encontrar guerreiros verdadeiros para serem pais de seus filhos. Por isso pedimos a ti, Pai, que nos dê uma vitória gloriosa, que nossos inimigos sintam o peso de nossas lanças e flechas e saibam morrer com dignidade e coragem. É o que pedimos. É o que queremos. Para o bem de nossa tradição."

A euforia foi geral. Todos se sentiam alimentados e abençoados pela força de Nhanderuvuçu. Só lhes restava colocar o pé na estrada como o primeiro passo para conquistar seus nobres inimigos.

***

Perna Solta estava exausto quando avistou ao largo os primeiros sinais de estar chegando à sua velha e amada aldeia. Apenas mais um pouco e logo poderia aconchegar-se nos braços de sua mãe e tomar seu delicioso mingau de banana. Já eram muitos dias sem uma boa alimentação materna, o que o deixava ainda mais ansioso para chegar.

Seu plano de já estar na aldeia na primeira noite da lua nova não dera certo. Tivera que desviar o caminho por quase um dia. Mesmo assim, sentia-se feliz porque chegaria a tempo de acompanhar as primeiras sementes serem jogadas no chão. E, claro, ver sua prometida Maraí. Mas também trazia consigo preocupação. Sua missão não tinha sido cumprida completamente. Afinal, não tinha encontrado Anhangá e sua gente no local de sempre. Seu cacique continuaria sem informações e as preocupações só aumentariam.

Preferia considerar sua missão cumprida, ainda que não completamente. Tinha feito o que lhe cabia e agora iria relatar à comunidade o que tinha presenciado. É aí que acaba sua tarefa, até que comece a próxima. Pensando assim, apressou o passo para antecipar sua chegada.

***

– Devagar, pessoal. Este lado da floresta é muito mais cheio de armadilhas. É melhor ir devagar e chegar do que correr e ser surpreendido por feras mortais.

Todos concordaram com Potyra, que seguia à frente do grupo. Sabiam que tinham que ir o mais lentamente possível, porque a lua nova não permitia uma visão muito nítida dos caminhos. Arrastaram-se pelo chão ao ouvir vozes vindas mais à frente. Tudo virou silêncio absoluto enquanto aguardavam nova ordem da guerreira. Foram longos minutos até que Potyra decidira seguir adiante. Atrás da jovem, estava seu orgulhoso pai. Deixara que ela guiasse o grupo nas primeiras horas de caminhada. Sabia que naquele trecho não haveria perigo iminente que colocasse em risco a vida de sua menina. Ela seguia satisfeita, cuidadosa. Estava disposta a mostrar para seu pai e sua comunidade que conseguia tomar conta de si e de todos num futuro próximo.

Seguindo as orientações recebidas, Potyra procurava encontrar o melhor caminho para que a caminhada fosse mais rápida. Algumas vezes entrava por lugares espinhosos e isso provocava comentários jocosos dos rapazes, que eram logo abafados pelo pai da menina.

***

– Lá está a aldeia tupiniquim – disse Caaguaçu, guia do grupo.
– O que faremos agora? – perguntou um guerreiro.
– Vamos aguardar. Atacaremos antes de o Sol nascer. Será um ataque surpresa, conforme combinamos com Anhangá.

Concordaram afirmativamente com a cabeça. Decidiram que descansariam em turno enquanto observavam a movimentação dentro das casas.

Entre os rapazes do grupo, havia um desejo de descobrir o que levara o velho cacique a mudar de ideia tão repentinamente. O chefe estava convencido de que não valia a pena um ataque naquela situação em que se encontravam, pois tiveram que deixar a antiga aldeia às pressas, colocando em risco a vida de todos, mas de uma hora para outra mudou de opinião e convocou os guerreiros para este combate.

— Ouvi dizer que aqui o cacique encontraria respostas para suas indagações – falou Acangaíba, jovem valente conhecido por sua destreza com o tacape.

— Sabemos disso, Cabeça Doida, mas não responde as nossas dúvidas com relação à mudança na cabeça do chefe Anhangá – falou Acure, um magro guerreiro comparado com o tapir por causa de sua ligeireza.

— Há quem diga que é por causa de uma menina em especial que ele veio para cá. Segundo dizem, ela é a escolhida para gerar um menino que será o herói de nossa gente.

— Besteira. Se há alguém capaz de ser o melhor guerreiro, ele não nascerá de uma mulher fora de nosso povo. Somos os verdadeiros descendentes de Nhanderu e será entre nós que nascerá um herói de verdade.

— Dizem que ela, na verdade, pertence ao nosso povo.

Assim a conversa prosseguiu, sendo que cada guerreiro procurava dar sua opinião sobre os acontecimentos. Não havia unanimidade entre eles e, por isso, aumentavam as especulações a respeito das razões do cacique. Enquanto eles se inquietavam buscando respostas, não perceberam que estavam sendo observados ao longe por outro grupo de batedores.

Este grupo foi se aproximando lentamente. Estava pintado com motivos de guerra e parecia decidido a enfrentar aquele outro grupo que esperava o momento propício para atacar a vila. Eram cerca de doze jovens que se arrastavam pelo chão buscando aproximação. Na frente estava um jovem com feições fortes. Parecia ser o líder. Na medida em que avançava, ia fazendo gestos para que os outros o seguissem. Bem mais atrás estava postado um homem mais maduro, que observava os passos dados pelos guerreiros. Minutos depois, o segundo grupo alcançou os que estavam à espreita e os dominou com facilidade.

— Foi muito fácil render vocês – começou a falar Anhangá. Estavam distraídos discutindo assuntos que não dizem respeito aos guerreiros. O que pensavam estar fazendo?

O grupo quis responder, mas o chefe não permitiu.

– Não estou querendo ouvir vocês. Quero que me escutem e entendam de uma vez por todas que guerreiros devem ficar atentos ao que vai acontecer. São treinados para ouvir as ordens e não para ficar querendo entender as razões dos chefes. Numa outra situação todos estariam mortos e, pior, nem saberiam por que morreram. É isso o que querem?

Todos baixaram a cabeça envergonhados por terem sido tão infantis. O chefe percebeu a decepção deles e tratou de amenizar suas críticas, pois sabia que aqueles jovens eram os melhores guerreiros que um líder poderia querer sob seu comando.

– Isso não importa agora. Todos vocês são grandes guerreiros e tiveram um momento de fraqueza. Agora, temos que nos preparar para o ataque. A hora é agora.

O grupo começou a se ouriçar com as palavras do cacique. Há muito aguardava por aquele momento. Perfilou-se à espera das últimas palavras do chefe. Este, porém, nada falou. Mas chamou para junto de si o jovem guerreiro que havia "invadido" o acampamento momentos antes e passou-lhe o poder de comandar o ataque. Houve certa surpresa por parte do grupo, pois a expectativa era a de que o próprio Anhangá comandasse aquele combate. Percebendo o desconforto, o chefe quis explicar:

– Hoje terão um novo líder. Periantã está pronto para assumir. Ele é um junco forte e saberá conduzir vocês para uma boa vitória sobre nossos inimigos. Confiem nele, pois será um líder corajoso e terá um futuro brilhante que muito nos honrará.

Periantã, pego de surpresa por aquele anúncio, não sabia o que dizer, mas manteve sua posição de guerreiro à espera das ordens de seu superior.

– Sei que acharão estranha minha escolha. Não os culpo por isso. Nem tudo sai do jeito que a gente espera. Talvez em algum tempo no passado eu não teria escolhido este jovem. Mas os últimos acontecimentos me trouxeram até aqui e talvez daqui não passe adiante, pois sinto que a hora desse chefe já está chegando.

O grupo ficou inquieto, mas Anhangá não permitiu nenhuma exposição. Continuou dando as razões pelas quais achava o jovem guerreiro pronto para continuar seu trabalho. Disse que Periantã estava indicado pelos espíritos ancestrais a vencer aquela batalha para poder desposar uma jovem que lhe daria uma linda prole, e entre seus filhos haveria um menino a quem os ancestrais concederiam toda a sabedoria antiga, para que pudesse reunir em torno de si todos os povos. Esta reunião dos líderes seria responsável pela continuidade da memória ancestral de toda a gente primeira daquela terra, pois ela estaria ameaçada pelos fantasmas do tempo.

O grupo ouviu silenciosamente aquela preleção do cacique. Embora muito bem preparados, os jovens sabiam que as palavras do chefe eram assustadoras, pois anteviam um tempo obscuro, cheio de fúria, que estava por chegar. Além disso, sentiam que aquelas eram palavras de despedida.

Uma dúvida, no entanto, ainda pairava sobre aquele jovem grupo: por que estavam atacando a aldeia do chefe Kaiuby. Ele não era um aliado? Não eram os dois chefes amigos desde muito tempo?

CAPÍTULO 14

A DOR DE PERNA SOLTA

Finalmente, Perna Solta estava chegando à aldeia depois de alguns dias cumprindo sua missão de mensageiro. Sentia as pernas tremerem. Nunca antes tinha voltado com tanto desejo preso no peito. Agora já se sentia homem completo e iria realizar o sonho que sempre acalentara de desposar Maraí. Por isso, parou no igarapé próximo da aldeia para tomar um delicioso banho em suas águas geladas. Queria se sentir limpo. Aproveitou para coletar algumas folhas cheirosas para passar no corpo. Sua amada merecia encontrá-lo com o odor de piripiri, a árvore do cheiro.

Enquanto esfregava o corpo cansado, foi lembrando da história que ouviu sobre a origem daquela planta cheirosa. Para ele, era muito difícil imaginar que ela havia sido uma pessoa que se transformara em planta. Segundo o relato de seu avô, Piripiri era um belo rapaz que apareceu assim, do nada, próximo a uma aldeia dos antepassados. Algumas moças sentiram um cheiro delicioso vindo do lugar onde ele estava e não resistiram, querendo muito saber de onde vinha. Seguiram em frente e viram que o responsável era o jovem Piripiri, muito bonito e perfumado. Logo se apaixonaram. Bastava que alguém tocasse nele e seu perfume tomava conta de todos.

Três moças quiseram conhecer o jovem perfumado. Ele as seduziu e as levou para o fundo do rio onde morava e com elas passou algum tempo, e depois as devolveu para sua gente. Claro que elas não queriam deixá-lo e espernearam muito quando o moço disse que não poderia ficar com elas para sempre porque ainda estava amamentando no seio de sua mãe. Só depois de algum tempo é que estaria livre para amar.

Ele as mandou de volta para casa pedindo que não contassem a ninguém sobre si. Elas prometeram entristecidas. Quando chegaram à aldeia, as três jovens enlouqueciam os rapazes com o perfume que estava nos seus corpos. Isso gerou ciúme nas outras moças, que decidiram ir atrás de Piripiri.

Por muito tempo, procuraram. Andaram por caminhos distantes. Mergulharam nos rios, mas nada encontraram. Somente depois de muito tempo, perto de uma gruta antiga, notaram uma movimentação diferente. Tratava-se de dois veados. Um ainda era filhote e correu para mamar no seio da mãe. Depois disso, os dois animais se transformaram em humanos novamente e desapareceram para dentro da gruta. Mais que depressa foram avisar as outras amigas, que se pintaram de urucum e partiram para surpreendê-lo na beira do rio. Ficaram ali escondidas e quando a tarde caiu o jovem aproximou-se todo contente sem saber o que o aguardava. Mas qual não foi a surpresa dela quando a mãe do rapaz se transformou num gavião e o carregou para o outro lado do rio.

As meninas ficaram furiosas e foram procurar o pajé para saber o que fazer. Ele quis ir ao local onde haviam visto Piripiri. Lá encontrou pelos de veado. Fez então uma poção mágica, mas ela não deu certo porque o pajé estava fraco.

As moças não desistiram e foram procurar Supi, filho do velho pajé. Supi era um jovem muito bonito, mas que tinha devotado sua vida para o aprendizado da sabedoria ancestral de sua gente e não podia casar e ter filhos. Isso fazia com que as mulheres de seu povo ficassem desoladas, mas conformadas com o fato.

Supi comprometeu-se a ajudá-las na captura de Piripiri desde que elas não tocassem em si. Então, lá pela meia-noite, ficaram espreitando o rapaz e sua mãe fazerem fogo para se aquecer e dormir. Dizem que saía um cheiro muito gostoso do corpo dele, capaz de inebriar as pessoas.

A uma ordem de Supi, as moças agarraram os dois e os amarraram com cipó especial. Mãe e filho acordaram assustados sem entender o que estava acontecendo, mas bastou um gesto para que o cipó arrebentasse. Sua mãe gritou para que fugisse rápido e num passe de mágica os dois escaparam para a mata, deixando as moças totalmente desoladas.

Ainda assim, não desistiram e pediram a Supi uma última ajuda. O jovem pajé então as convidou para se juntarem a ele quando a Lua estivesse bem alta, que ele lhes daria Piripiri. E assim aconteceu.

Na noite de Lua alta encontraram Piripiri pescando na beira do rio. Estava lá, solto, sozinho, feliz. Assobiava como se estivesse namorando a Lua. As moças se aproximaram e amarraram o jovem, que não esboçou nenhuma reação. Elas estranharam e foram falar sobre isso com Supi, que lhes disse que elas não deveriam despertá-lo. Ele deveria acordar por conta própria. Elas perguntaram por que isso aconteceu, então ele lhes disse que sua felicidade vinha do fato de seu espírito não estar ali no corpo. Se ele fosse acordado abruptamente, sua alma ficaria no céu e não voltaria mais ao corpo.

Elas prometeram a Supi que esperariam o jovem acordar sozinho, mas o tempo foi passando e Piripiri não acordava. As mulheres ficaram impacientes e uma delas foi até o jovem e o tocou. Na mesma hora o rapaz deixou de assobiar e a Lua parou de brilhar. Um forte e frio vento soprou sobre elas, que não conseguiram resistir e caíram num sono profundo.

Ao despertarem, já em pleno dia, no lugar onde estava Piripiri encontraram uma plantinha. Elas ficaram desconsoladas e foram no encalço de Supi para contar-lhe o ocorrido.

O pajé perguntou se haviam feito tudo direitinho e elas contaram como se sucedeu. Supi ficou muito triste e contou a elas que Piripiri havia se transformado em estrela. Foi o pajé que disse que a planta que nascera do corpo de Piripiri deveria ser usada para perfumar quem desejasse conquistar a pessoa amada.

Perna Solta se manteve de olhos fechados enquanto a história lhe passava pela cabeça. Um sorriso maroto subiu-lhe o rosto, revelando seus pensamentos mais recônditos.

Minutos depois, abriu os olhos e balançou a cabeça como se quisesse espantar o mau pensamento. Levantou-se e esticou-se ao sol para secar o corpo. Em seguida, pegou sua pouca bagagem e avançou a caminho de casa.

Já estava bem próximo quando notou que algo estava errado. Viu um aglomerado de gente e correu o mais que pôde para ver do que se tratava. Ao chegar ao local, viu sua mãe chorando, tendo os olhos fechados com as mãos. Quis saber o que houve. Ela levantou a cabeça lentamente quando ouviu a voz do filho, que retornava de sua missão. Ergueu-se e o abraçou. Outras pessoas também foram chegando e formando um círculo gigantesco em volta dos dois.

– O que houve, minha mãe? – perguntou o jovem.

A velha mulher não conseguia falar. O rapaz indagava com o olhar as outras pessoas, mas todos pareciam esperar que a mãe fosse a porta-voz dos acontecimentos. Ele compreendeu que algo muito grave realmente tinha acontecido. Só lhe restava esperar.

– Eles vieram aqui, meu filho.

– Eles quem, mãe?

– Anhangá e seus guerreiros. Vieram bem de manhãzinha. Assaltaram nossa aldeia e roubaram sua prometida. Nossos guerreiros estão na caçada e de nada sabem do que aconteceu.

– Isso não é possível, mãe. Eu acabei de vir de lá. Anhangá sequer mora no mesmo lugar. Ele fugiu para um outro local para reconstruir sua aldeia. Como pôde estar aqui?

– Fomos pegos de surpresa, filho. Levaram sua Maraí com eles. Somente ela foi levada.

Ao ouvir essa notícia, Perna Solta não acreditou. Pediu que a mãe confirmasse e, tão logo ela disse que esta era a verdade, o rapaz se desesperou. Sentiu suas pernas enfraquecerem e o chão se abrir. Despencou no chão gritando sua dor. As pessoas ficaram ali, sem reação possível. O que poderiam fazer?

– Por quê? Por quê? Por que Nhanderu, por quê?

A mãe do moço bem que tentou acalmá-lo, procurando explicar-lhe o acontecido. Mas o jovem era só dor e não queria ouvir nada.

– Maraí, Maraí, Maraí. Por que levaram você? Para onde a levaram? Minha amada, onde está você? Por que eu não estava aqui para te proteger? Maldita hora que decidi fazer outro caminho.

Eram esses lamentos que se ouvia da boca do atormentado Perna Solta. Seus gritos se fizeram ouvir noite adentro como se fosse o uivo de um cão do mato ferido. Foi uma noite de muita tristeza.

Antes de o Sol raiar, fez-se ouvir um forte grito. Eram os jovens retornando da caçada já com o conhecimento do ocorrido. Voltaram o mais depressa que puderam. O cacique Kaiuby estava com eles. Quis saber o que acontecera e qual o estado do menino Perna Solta.

– Meu filho está com a dor dos amantes – disse a mãe do rapaz. – Dor assim não tem remédio. Temos que deixá-lo até que decida o que vai fazer: viver e lutar ou desistir da amada e morrer.

– Kaiuby quer saber tudo. Como esses homens chegaram aqui e por que levaram apenas Maraí? Há algo estranho nisso. Vamos reunir o conselho dos velhos. É preciso ouvir os antepassados para melhor decidir.

E assim aconteceu. Logo o conselho estava reunido. Perna Solta também foi. Alguém levantou a mão e pediu a palavra.

– Maraí foi trazida por nossos guerreiros em tempo antigo. Ela vive com nosso povo desde muito tempo, mas sempre viveu com esperança de ser resgatada pelo seu povo. Foi isso que fizeram. Não cabe a nós ficar conversando sobre algo que poderia acontecer.

Houve concordância dos presentes. Kaiuby pediu a palavra.

– Meu avô está certo, mas algo não combina. Se foi a aldeia de Anhangá que esteve aqui fazendo isso só pode ter sido um erro, pois a jovem Maraí não foi tirada deles. Ela veio de outra região. Dificilmente seu povo viria até aqui para levá-la de volta. Esse ataque foi um erro.

– E se não foi apenas um erro? – questionou Perna Solta.

– Como assim? Continue meu neto.

– Nós já ouvimos falar da profecia feita por um Karaíba de que uma mulher estrangeira daria à luz um filho guerreiro que uniria nossos povos. Ela seria conquistada durante uma luta e casaria com um guerreiro forte e valente. E se o chefe Anhangá imagina que essa estrangeira é Maraí?

A assembleia toda se manifestou. Todos consideraram sensata a observação do jovem mensageiro. Porém, sabiam que não seria muito fácil comprovar tal afirmação. Se a menina Maraí fora raptada por engano, logo saberiam e não teriam dificuldade em livrar-se dela.

– Eles são muito cruéis, meu neto. Eles matam apenas pelo prazer de sentir a dor do inimigo.

– Mas eu não vou ficar aqui esperando que eles matem minha escolhida. Vou atrás deles imediatamente. Sou veloz e logo os alcançarei.

– Sozinho você não terá chance, mensageiro. Apesar de ser um bom lutador e guerreiro, não será capaz de combater um grupo todo. Nós organizaremos um grupo e iremos com você ainda hoje ao encalço deles.

Perna Solta tentou refutar o que propunham dizendo que sozinho iria mais rápido, mas foi voto vencido. Teria que se conformar com a companhia dos outros guerreiros e torcer para que nada de mal acontecesse à sua escolhida.

CAPÍTULO 15
ALDEIA FANTASMA

O GRANDE CHEFE TUPINIQUIM JÁ SE MOSTRAVA IMPACIENTE QUANDO O SOL se aproximava do seu ponto mais alto. O ataque que havia planejado de forma tão minuciosa estava se mostrando um fiasco completo. Tinha pensado que seria a iniciação de sua filha Potyra na guerra, tal como ela sempre desejara.

E o que encontraram à sua frente? Uma aldeia totalmente abandonada. Nada. Ninguém. Não havia uma única alma viva que pudessem matar. As casas estavam vazias de pessoas e cheias de mistérios. O que teria feito aquela gente fugir com tanta rapidez a ponto de alguns velhos terem sido abandonados para morrer à míngua? Como explicar que casas bem estruturadas, algumas com pouco uso, tivessem sido deixadas para trás?

Saberiam da vinda deles e por isso fugiram? Teriam sofrido algum ataque antes e mudado de local? Nada. O chefe não conseguia nenhuma pista que lhe colocasse no caminho certo. Resolveu reunir todo o seu grupo e determinar a volta imediata para a aldeia. Não deveria mais permanecer naquele lugar que parecia um cemitério.

Potyra chamou o pai em particular para mostrar-lhe algo dentro de uma das casas. Era uma senhora que ainda estava viva, mas com pouca chance de falar algo.

– Esta mulher ficou espantada quando me viu entrar em sua casa.

Apontou para mim e repetiu algumas vezes: é você, é você, calando-se a seguir. Achei isso muito estranho.

– Pode ser que ela tenha ficado aqui por vontade própria. Os velhos querem sempre viver seus últimos momentos sozinhos. Disse alguma coisa sobre o que aconteceu?

– Nada, pai. Simplesmente se calou.

O chefe tupiniquim bem que tentou fazê-la falar, mas a velha se negava.

– Há outras pessoas como ela por aqui?

– Ninguém. Alguns corpos, mas que morreram naturalmente. São pessoas já idosas que foram abandonadas no local.

A um gesto, todo grupo se uniu ao chefe. Cada um dos jovens guerreiros fez um relato parecido, mostrando que houve mesmo uma fuga apressada.

– Assim sendo, temos que voltar imediatamente para casa. Não há nada para fazer aqui.

– E sobre o que a velha falou a meu respeito, meu pai?

– Não faço a mínima ideia. Ela deve ter confundido você com outra pessoa.

Ao começar a caminhada para entrar na floresta, um guerreiro que estava mais atrasado chamou a atenção do grupo. O chefe perguntou o que houve, mas o jovem preferiu mostrar sua descoberta. O grupo se encaminhou para uma gruta escavada no sopé de uma pedra que formava uma verdadeira muralha. O chefe adentrou cuidadosamente após acender uma tocha para clarear sua passagem. Outros rapazes entraram com ele, deixando alguns guardando a porta. O guia ia à frente abrindo caminho para a passagem do chefe. Chegaram finalmente a um lugar bem no coração da caverna. O jovem levantou a tocha e a luz foi mostrando que havia um desenho deixado ali.

– Do que se trata?

– Veja o senhor mesmo, chefe.

O líder aproximou-se ainda mais. Um grito de espanto saiu de sua garganta sem sua permissão.

– O que significa isso? – perguntou para si mesmo.

– O que foi, chefe? – quis saber a jovem Potyra.

– Não sei ao certo, Potyra, mas parece que é você!

– Eu? Como assim?

– Você está desenhada nas paredes desta caverna. Não há dúvidas de que é você. É seu rosto, seus olhos, sua coragem. Tudo isso está aqui.

– Mas não é possível. Eu nunca estive aqui antes. Como alguém poderia ter me desenhado aqui?

A jovem não se conteve e foi conferir. Também ela ficou boquiaberta pela semelhança fisionômica que o desenho apresentava. A mesma reação tiveram os rapazes que haviam entrado na gruta.

– Veja, chefe. Há uma sequência de desenhos. É como se contassem uma história.

– Tem razão. Olhe aqui. É você criança tendo seu cordão umbilical cortado e apresentado na aldeia. Depois com 9 anos, quando iniciou sua preparação. Agora aparece lutando. Aqui você foi vencida por um guerreiro e na sequência se casa com ele. Depois nasce um filho e... não dá mais para entender. Tem canoas grandes capazes de carregar centenas de pessoas. Tem muita gente aglomerada, lutas. Não sei. É muito confuso.

O chefe parou de falar. Vinha um barulho de fora. Eram os vigias que chamavam. Parecia que alguém estava se aproximando. Os guerreiros correram para fora. O chefe tupiniquim e Potyra vieram logo atrás. Deu tempo ainda de se esconderem entre os arbustos. Era um Karaíba! Vinha furioso porque ninguém tinha ido lhe receber na entrada da aldeia nem varrido seus caminhos.

– Sei que vocês estão aí. Não precisam se esconder. Quero falar com o chefe tupiniquim.

Potyra e seu pai se olharam como que estranhando as palavras do velho sábio.

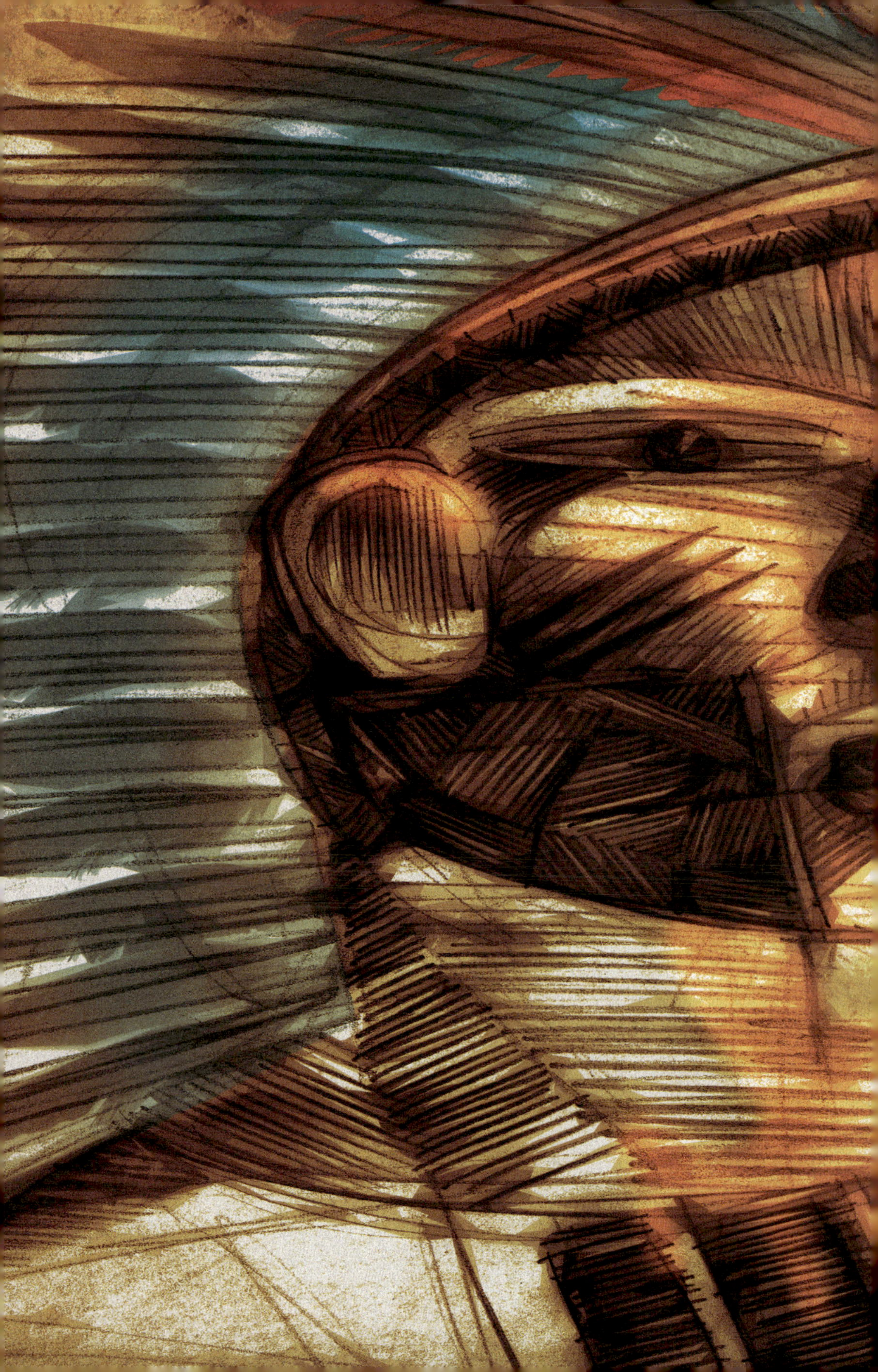

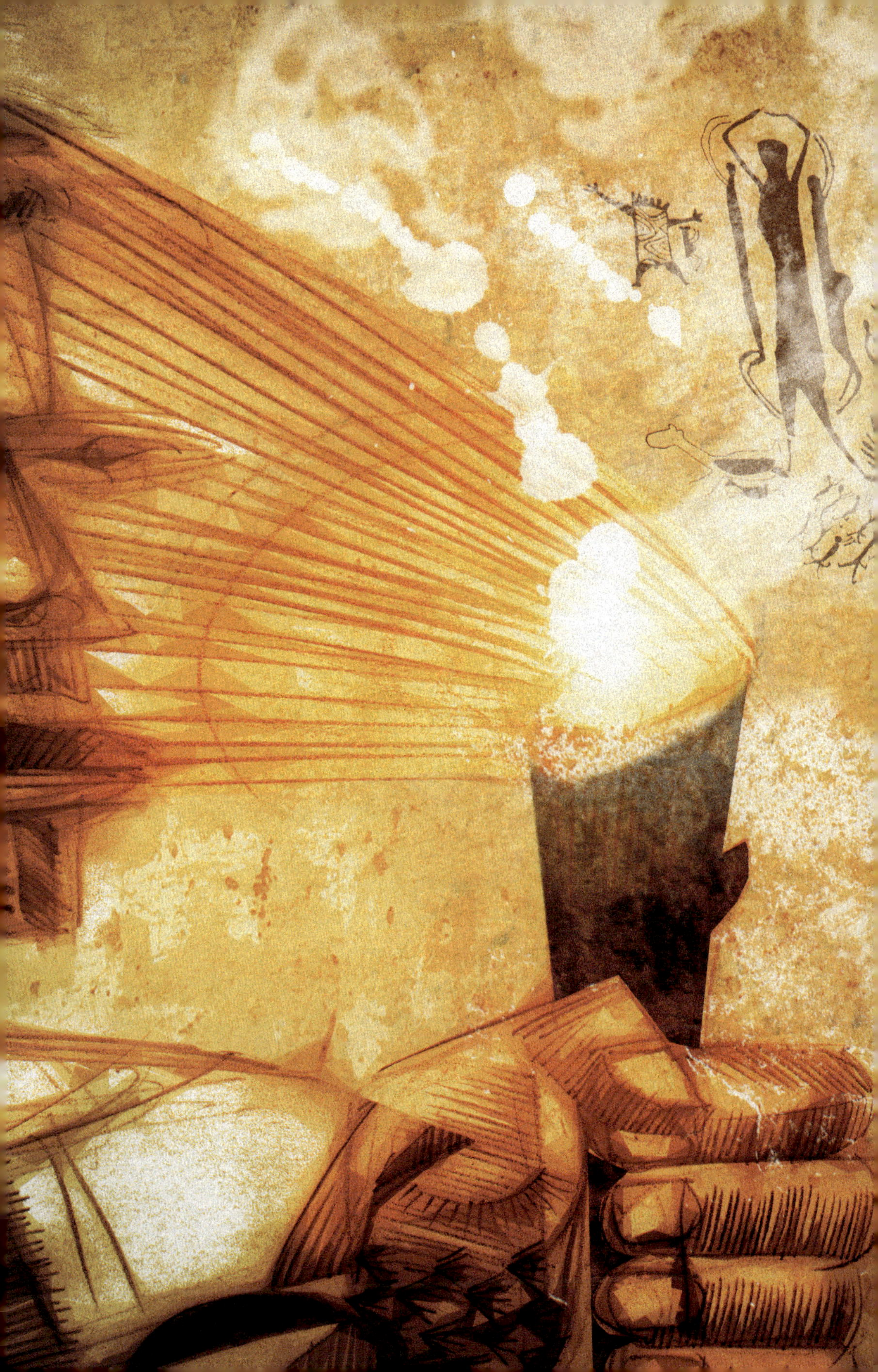

– Meu avô está chegando num lugar vazio? Por que está aqui?

– Lugar nunca vazio, chefe dos tupiniquins. Vazio espírito da gente. Vazio corpo que se esconde.

– Meu avô é sábio e eu nem vou perguntar o que lhe traz em aldeia tão distante.

– Precisa perguntar, não. Sei bastante coisa. Sei que vieram guerrear. Gente desse lugar fugiu quando soube que coisa ruim vai aparecer por aqui. Largaram lugar bonito, sagrado. Pensam que só uma coisa poderá salvá-los: a mulher que vai dar à luz um menino guerreiro. Foram procurar, mas estavam enganados. Procuram em lugar errado. Menina guerreira está aqui.

– Meu avô está falando de minha filha Potyra?

– Nome delicado para dar a uma guerreira. Potyporã. Flor bela. É ela quem será a mãe guerreira que trará menino guerreiro.

– Não quero ser mãe, Karaíba. Quero e sou uma guerreira. Ninguém vai me fazer mudar meu destino.

– Destino é coisa de gente grande, menina. Você é filha de um povo e como tal não deve se opor aos desígnios desse povo. Você é forte e valente, pode ser guerreira. Sua maior guerra será outra.

– Meu avô está assustando minha menina. Por que não diz o que sabe de uma vez?

– Quem fala tudo não diz nada. A fala tem que ser pequena para mudar para grande. Vou dizer que o povo que aqui estava saiu para buscar outro lugar. Lá chegando, partiram com seus guerreiros atrás da menina flor. Caminharam para lugar errado. Vocês devem voltar para lugar certo. Precisam encontrar par perfeito para a menina. Eles irão fazer casamento de guerreiro com menina diferente. Isso não é bom. Vai ter guerra.

Terminando sua explicação, o Karaíba ordenou que o grupo corresse para que pudesse evitar uma guerra desnecessária.

O chefe tupiniquim partiu imediatamente sob protesto de Potyra, que garantia que não estava entendendo nada e muito menos desejava casar com alguém que ela não conhecia. Seu pai não se importava mais com o que ela dizia, pois sabia que devia correr para encontrar os dois grupos que estavam prestes a ter um confronto que poderia ser ruim para todos.

Enquanto corriam por entre a floresta, o cansado cacique procurava reordenar os pensamentos em sua cabeça. Pensava como poderia ter-se equivocado tanto em sua estratégia. Os sinais que lhe apareceram nos sonhos apontavam para a aldeia de Anhangá. O que teria feito o cacique de Turiaçu partir sem mais nem menos? Teria ele tido sonhos que lhe mostraram outros caminhos? Mas, se era assim, por que não se encontraram no meio do caminho? Ou será que se encontraram?

Tudo estava meio confuso para o tupiniquim: sua filha tinha que casar com um guerreiro que a venceria em combate. O fruto dessa união juntaria os dois povos num só para que a vitória fosse completa. Até aí tudo bem. Mas teria ele como convencer seu povo disso?

Eram muitas perguntas sem respostas. Então seria preciso apressar o passo para tentar chegar a elas antes que tudo se acabasse.

CAPÍTULO 16

UMA TRÍPLICE BATALHA

Anhangá e seu grupo corriam desesperados mata adentro. Não podiam vacilar, pois a pior parte eles já tinham conseguido realizar com sucesso: o sequestro da menina escolhida sem ter que ferir ou matar alguém. Fora um sequestro rápido facilitado pela ausência dos homens na aldeia. Era melhor do que esperava, pois não queria fazer sofrer seus amigos e parentes.

Numa parada na clareira do rio Cabiriri, o cacique aproximou-se da jovem prometida. Queria saber se ela fazia ideia do que estava acontecendo. Iniciou a conversa desconversando.

– Esta clareira que estamos é pouco conhecida. Logo em frente há uma cachoeira muito bonita, mas cuja água cai de repente. Nessa parte em que estamos, há uma grande pedra que fica escondida quando ocorre enchente, mas quando o rio desce aparece portentosa. Seu tamanho é tão grande que sobre ela nascem raízes e arbustos que alimentam os peixes, as tartarugas e os passarinhos. É um espetáculo que dá gosto de ver. Quem sabe quando você se transformar em nora de Anhangá poderá vir aqui comigo.

Maraí fez que não entendeu as palavras do chefe. Mirou o rio com desejo de banhar-se. Estava com muito calor e seu corpo nu suava deveras. Pensava consigo mesma um modo de escapar daquela sina. Tinha certeza de que seu homem seria Perna Solta e ninguém mais. Se tivesse que casar obrigada preferia que as águas a levassem embora, a jogassem do alto da cachoeira e a destroçassem. Assim, seu corpo serviria de alimento aos parentes peixes. Mas preferiu ficar ali. Sabia que seu amado viria buscá-la.

– Nada sei do que chefe Anhangá diz. Sou Maraí, filha do povo Tupinambá. Nada tenho de escolhida. Sou prometida a Perna Solta, mensageiro de Kaiuby. Fui tirada de minha aldeia ainda menina e criada na aldeia de meus raptores. É isso que sou.

O velho cacique admirou o jeito franco de a moça se expressar, mas não acreditou em suas palavras. Como não seria ela a jovem prometida a seu filho adotivo Periantã? Não teria sonhado um sonho verdadeiro? Não estaria ela querendo apenas desviar seu caminho?

Anhangá conhecia Perna Solta desde criança. Viu-o crescer e desenvolver suas habilidades, mas sempre teve pena do menino por ter nascido com as pernas daquele jeito. Sabia que ele era um bom rapaz e entenderia suas razões para sequestrar sua pretendida. Era pelo bem do seu povo e o povo era mais importante que as paixões de uma única pessoa. Pensando assim, continuou sua viagem para a aldeia.

***

Os três grupos estavam desnorteados. Haviam criado expectativas diferentes para a mesma profecia feita pelo Karaíba e agora percebiam que algo estava errado.

O jovem Perna Solta demorara muitíssimo tempo para aceitar sua própria condição física. Conseguira graças à companhia especial de sua Maraí. Por ela, faria qualquer sacrifício e andaria até o fim do mundo se preciso fosse. Por ela, viveria e por ela morreria. Não admitiria outro homem se apossando de sua amada. Enfrentaria quantos adversários fosse preciso para tê-la novamente ao seu lado. Não merecia o destino cruel dos que perdem sua preferida: a solidão. Queria poder estar com ela por quanto tempo fosse possível, até que Nhanderu o levasse para seu destino final, a morte. Estava decidido a enfrentar todos os perigos, todos os inimigos, todas as profecias para encontrá-la e com ela ser feliz.

Potyra trazia em si um destino infernal. Queria ser guerreira e lutar contra os inimigos de seu povo. Tinha se preparado para isso, mas no momento em que ia colocar sua coragem e valentia em evidência quis o destino pregar-lhe uma peça e deslocar seu alvo para outro ponto. Seu pai, chefe tupiniquim, no entanto, tinha outros planos para a moça, baseados na profecia do Karaíba, que garantira que ela havia sido escolhida para gerar um filho que uniria diferentes povos na defesa do território e do jeito ancestral de viver. Como compreender tudo isso? Não teria o velho sábio enlouquecido de tanto andar de aldeia em aldeia anunciando a chegada de espíritos ruins? Não teria feito confusão na sua cabeça cheia de ilusões? Não dava para saber. Só restava ao chefe continuar a busca pela gente de Anhangá e encontrar, finalmente, um guerreiro capaz de desposar sua filha.

Caminhando a passos largos, Anhangá vinha tentando entender os acontecimentos. Tinha dado ouvidos às loucuras do Karaíba e agora se sentia perdido. Fizera tudo conforme o planejado e tinha até inventado situações para convencer sua gente de que estava indo na direção certa. Havia perdido muitos parentes por causa de sua teimosia e agora não sabia mais para onde caminhar. Trazia consigo uma prisioneira que acreditava ser a escolhida apontada pelo sábio Karaíba. Mas seria ela mesma? Não seria alguém que venceria na batalha? Tinha sido fácil demais raptar essa que se dizia chamar Maraí e que afirmava ser prometida de Perna Solta, o bom mensageiro do chefe Kaiuby. Como entender tudo isso? O que lhe restava agora? Faria de tudo para que a profecia se cumprisse, dando seu filho adotivo como esposo para a mulher da profecia. Mas quem seria ela?

Eram, portanto, três conflitos instaurados na mente e no coração daqueles guerreiros. E todos buscavam uma direção a seguir. Não podiam parar enquanto pensavam. Tinham que seguir em frente e esperar que o sábio pudesse aparecer para esclarecer a profecia.

Enquanto caminhavam apressados, rumo ao que parecia ser o nada, na verdade estavam indo em direção uns dos outros. Mas não haviam atentado para o fato até que os batedores de ambos os grupos se adiantaram ao ouvir ruídos floresta adentro. Pediram silêncio absoluto para seu grupo e auscultaram o coração da terra para descobrir de onde vinham aqueles sons. Nada. Ouvidos atentos não perceberam nenhuma movimentação vinda de qualquer canto. Perna Solta tinha certeza de que ouvira alguém se aproximando. Conhecia bem os caminhos. Havia passado por eles muitas vezes. Aquele silêncio o intrigava e o colocava de prontidão. Seus guerreiros se prepararam para o pior, mas aquele silêncio perturbador lhe provocava calafrios. Era como se pressentisse que algo muito ruim iria acontecer.

Dois batedores do chefe Anhangá faziam gestos no ar para noticiar o que podiam ver e ouvir. Sentiam que havia um grupo de inimigos ali por perto, mas não conseguiam vê-lo. Pediram cuidado aos jovens guerreiros para não se moverem por sobre folhas secas, pois isso seria fatal para revelar a posição do grupo. E assim permaneram por longos minutos.

Potyra estava impaciente com aquele silêncio todo. Cutucava o pai em busca de uma resposta, mas o chefe apenas levava o dedo indicador aos lábios pedindo calma. Precisava entender os gestos de seus batedores antes de tomar alguma decisão. Ficou ali na expectativa enquanto alertava seus guerreiros e os preparava para o combate.

Minutos depois, uma flecha rasgou o céu e caiu no meio da clareira da mata. Houve um rebuliço geral. Ninguém viu de onde a flecha saíra. Segundos depois, outras duas flechas se juntavam à anterior. Todos sabiam que se tratava de três grupos diferentes dispostos ao enfrentamento. Um clima de tensão estava formado. A dúvida pairava no ar porque ninguém sabia quem atacar, ou quem tomaria iniciativa da conversação em busca de acordo de paz.

No meio do silêncio forçado, uma voz saiu do meio da floresta. Era do jovem Perna Solta. Não eram palavras de insultos ou de provocação. Era uma convocatória para que os chefes pudessem se juntar no centro da clareira para conversar. Vinha acompanhado de Kaiuby, principal líder da aldeia.

Seguindo o código de conduta que movia esses grupos, os três principais saíram de seus locais de esconderijos e rumaram para o centro da clareira. Nada levavam nas mãos. Iam serenos, representando a vontade de seu grupo. Procurariam preservar a tradição da guerra, mas honrariam a palavra dada até o fim.

– Não podemos evitar uma guerra. Ela deve acontecer sempre para que vivamos em paz – disse o chefe tupiniquim para mostrar que estava disposto a ir até o fim.

– Toda guerra tem que ter um propósito. Qual o propósito desta? – quis saber o mensageiro Perna Solta.

– Eu preciso casar meu filho adotivo com a cunhã que irá gerar o filho da nossa união – lembrou Anhangá, sentindo que o chefe tupiniquim ficou espantado com aquela revelação.

– Você não acha que está com a cunhã errada, caro Anhangá?

– Por que o chefe diz isso? Por acaso sabe da profecia?

Perna Solta se sentiu deslocado da conversa. Olhou para os dois chefes com ar de interrogação, buscando alguma resposta em seus semblantes. Os chefes não deram a mínima atenção ao jovem mensageiro.

– Karaíba veio a meu povo há muito tempo e disse que filha de cacique era mulher escolhida para fazer nascer gente nova. Chefe pensou que era para torná-la guerreira e comandar todo o povo. Potyra está preparada para ser guerreira e não para ser mulher de guerreiro.

– Anhangá pensou que Maraí era mulher escolhida. Karaíba disse que seria mulher estrangeira que desposaria meu filho e com ele teria um guerreiro forte, valente, corajoso e unificador de nossos povos.

Perna Solta ouvia aquilo e não queria acreditar que tudo não passara de um engano, uma tremenda confusão na interpretação das palavras do velho sábio. Sua Maraí era, portanto, sua. Mas como a tiraria das mãos de seu raptor sem declarar guerra?

Nesse momento, um forte vento anunciou a chegada do Karaíba. Apareceu do nada como se tivesse vindo no próprio vento. Vestia-se com sua capa ornamentada de penas de pássaros e fechada com cipós de embira. Sua chegada sempre era um espetáculo, pois se postava na entrada da aldeia e algumas pessoas iam varrendo o chão para ele passar. Ele era tratado como um grande sábio e profeta, merecendo o respeito de todos. Naquele dia, porém, ele não queria pompa. Tinha o semblante sério, fechado. Manteve-se em pé enquanto fixava o olhar nos três homens que conversavam. Depois falou:

– Coisa ruim vai acontecer em breve. Serão tempos difíceis. Fantasmas dos antepassados chegarão nesta terra e tornarão nossos povos escravos de sua ganância. Eles não terão piedade nem dos velhos nem das crianças. Simplesmente se sentirão donos desse lugar e de sua gente. Por isso, não lutarão com arcos e flechas e não terão código de guerra. Serão homens duros e não respeitarão a tradição.

Os três chefes ouviam as palavras do sábio com muito espanto nos olhos. Nem notaram que seus guerreiros haviam deixado seus esconderijos e se aproximado para ouvir as palavras do Karaíba. Perna Solta ainda tentou encontrar Maraí no meio daquela multidão, mas foi alertado para as palavras do sábio.

– Meus sonhos e conversas com os ancestrais me trazem essas notícias desde muito tempo. Eles disseram que era preciso preparar bem nosso povo para enfrentar esses homens de espíritos maus. Disseram que um guerreiro tem que nascer para comandar nossa gente. Disseram também que tem que ser menino nascido de menina guerreira, de outro povo. Ela saberá preparar o menino para a guerra.

Um murmurinho se formou no público presente. Alguns levavam as duas mãos ao rosto e escondiam sua decepção pelas palavras do Karaíba.

– Quando ouvi essas palavras em meus sonhos quis compreendê-las, e somente quando vi a menina Maraí sendo trazida para viver num povo estrangeiro me pareceu que ela era a escolhida. Por isso, fiz chefe Anhangá preparar jovem Periantã para desposá-la. Casal perfeito, pensei eu. Só notei meu engano quando vi que Perna Solta era também um jovem especial e que tinha seduzido a jovem Maraí com seu jeito simples e verdadeiro. E se ele for o escolhido?

Novamente, o público se manifestou. Alguém falou que Perna Solta era alijado da arte da guerra e jamais poderia ser o pai de um guerreiro. Isso deixou o jovem inquieto, mas preferiu não comentar nada. Queria ouvir mais a narrativa do velho.

– Sabia desde sempre que a ausência de movimento de Perna Solta não significava incapacidade de se tornar um grande líder e condutor de nossa gente, mas me inquietava não conseguir juntar os fatos na minha cabeça e quis correr o risco de me enganar.

– Onde entra minha filha Potyra nessa história? – quis logo saber o tupiniquim.

– Potyra foi minha outra opção. Ela é guerreira demais para querer ter filhos. Foi o que pensei no começo. Deixei que ela mesma fosse se mostrando. Por isso, eu estava sempre presente quando ela começou sua formação. Queria ter alguma certeza. E só agora é que tenho.

– Por que o Karaíba tem esta certeza agora? – perguntou Anhangá com ênfase.

– Porque sábio cometeu injustiça. Quis juntar gente muito diferente e quase estraga tudo. Potyra deve se casar com Periantã. Perna Solta deve se casar com Maraí. Esta é a coisa certa a fazer.

– E se não quisermos que aconteça isso?

– Então podem continuar guerreando até os devoradores de almas chegarem e destruírem tudo que nossos avós construíram para nós. Vocês devem voltar para suas casas tão logo resolvam como será o desfecho desta minha trapalhada.

Dito isso, o velho fez um gesto com as mãos e um redemoinho de vento preencheu o lugar e o levou para um rumo ignorado, deixando os três grupos a sós.

CAPÍTULO 17

A DECISÃO

Após a partida do Karaíba, os três grupos ficaram sem palavras. O chefe de cada grupo parecia estar atônito demais com os acontecimentos, de modo que não conseguia articular palavra para expressar seus sentimentos.

Anhangá, o mais velho dos três, propôs então que houvesse uma trégua para que cada grupo pudesse confabular com os seus a fim de decidir qual o melhor caminho a percorrer. Isso feito, cada grupo se recolheu em um canto da clareira e ali permaneceu.

No instante da separação entre os grupos, Maraí conseguiu desvencilhar-se por um momento e correu para os braços de Perna Solta, que a acolheu carinhosamente sob os olhares espantados dos demais.

— Minha amada. Fico feliz que esteja bem. Eles não fizeram mal a você, não é?

— Nem por um instante, meu querido. E mesmo que quisessem, estava disposta a me sacrificar e morrer pura por você.

A declaração deixou o mensageiro com o coração derramado, o que o fez abraçá-la ainda mais apertado.

— Eu sempre soube que assim seria. Iria rodar o mundo todo para encontrar você. Quando soube do seu sequestro, quis morrer de tristeza.

A menina o afagou carinhosamente. No entanto, o grupo de Perna Solta o chamou. Ele precisava participar da reunião imediatamente.

E, ademais, não devia tocar na moça, pois agora ela era prisioneira de Anhangá e só poderia ser resgatada em guerra ou dada como presente por seu novo dono. Perna Solta sabia disso e pediu a ela que continuasse onde estava mais um pouco, enquanto tentava resolver aquele impasse. Maraí ficou zangada, mas entendeu as razões de seu amado.

Ali estava uma situação nunca antes vivida por nenhum daqueles líderes. Havia uma fusão de interesses em jogo, mas cada um sabia que tinha em comum entre eles a palavra do velho, cuja sabedoria já havia sido exposta. Mas como abrir mão da guerra? Como organizar os interesses de modo que pudessem dar uma solução ao problema sem ferir a particularidade de cada povo?

Aqueles três homens sabiam que estavam apenas ganhando tempo quando pediram a reunião com seu grupo. Sabiam que cabia a eles a decisão, pois eram os principais responsáveis pela situação. Mesmo assim, quiseram ouvir o que seus guerreiros tinham a dizer.

Anhangá chamou Periantã para seu lado quando se sentou em círculo com seus guerreiros. Olhou fixamente para o rapaz e quis saber o que ele achava daquilo tudo. O jovem baixou a cabeça de forma submissa. Disse que faria como seu pai achasse mais sábio para seu povo.

– Não tenho medo daquela guerreira, meu pai. Ela é forte, corajosa e bonita. Gosto dela. Sei que ela gostou de mim também. Seus olhos não desviaram dos meus.

Anhangá ouviu com satisfação as palavras de seu pupilo. Considerou que a situação já estava contornada. Seu filho queria a jovem para si e isso já era o principal.

Maraí ouviu calada as palavras de Periantã achando que com isso Anhangá a liberaria para Perna Solta. Mas o chefe nada disse a respeito, e isso a fez retrucar.

– E quanto a mim, chefe Anhangá? O que pretende fazer comigo?

O chefe fez que não a ouviu. Permaneceu de costas para a moça esperando nova manifestação. Como ela não veio, disse que pensava levá-la à aldeia para casar com seu outro filho. Quis provocá-la. A jovem soltou um grito de desgosto após as palavras do homem. Todos olharam para ela e até Perna Solta levantou-se para verificar o que havia ocorrido. Anhangá acenou para ele dizendo que estava tudo bem. Depois se dirigiu a Maraí.

— Seu homem a ama.

***

O chefe tupiniquim estava mais inquieto. Era, em tempos imemoriais, inimigo mortal dos Tupinambás do Norte e por isso preferia morrer a ter que entregar sua menina guerreira nas mãos de um deles. Apesar disso, não lhe restava alternativa. O Karaíba havia garantido que era a única coisa a ser feita. Não poderia ir contra as palavras proféticas que ele dissera. Isso poderia ser causa de doença e morte de sua gente. Com as palavras do sábio, não podia brincar. Já tinha presenciado muita desgraça em sua vida por conta da desobediência às palavras sagradas do sábio.

Atormentado pela dúvida, quis saber o que seus guerreiros tinham para dizer. Ouviu cada um deles, deixando Potyra por último. Todos achavam que a guerra era desnecessária. Tudo se encaminhara para um desfecho pacífico. O Karaíba já dera razões de sobra para que tudo fosse desse jeito.

Enquanto ouvia, o tupiniquim levava as mãos à cabeça temendo ouvir as palavras de Potyra. Havia notado que a menina não tirara os olhos de Periantã desde o momento em que o vira, e isso acendia o alarme vermelho em sua cabeça, pois tinha quase certeza do que ela diria.

— Meu pai sabe que fui preparada para ser guerreira e tudo o que sempre desejei foi a guerra. Ela está no meu sangue, assim como está em mim a marca da tradição do povo em que nasci. Queria ser a principal

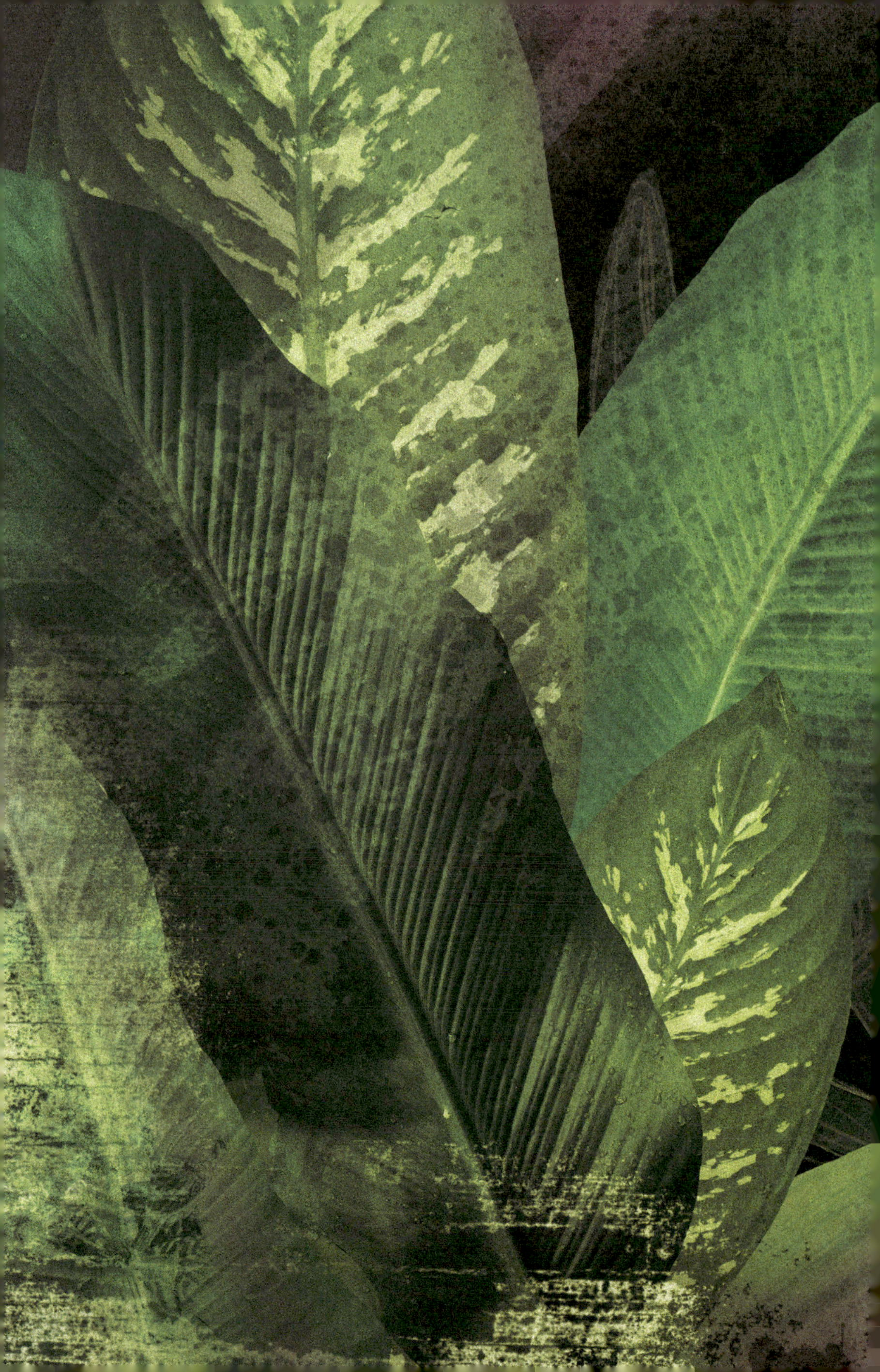

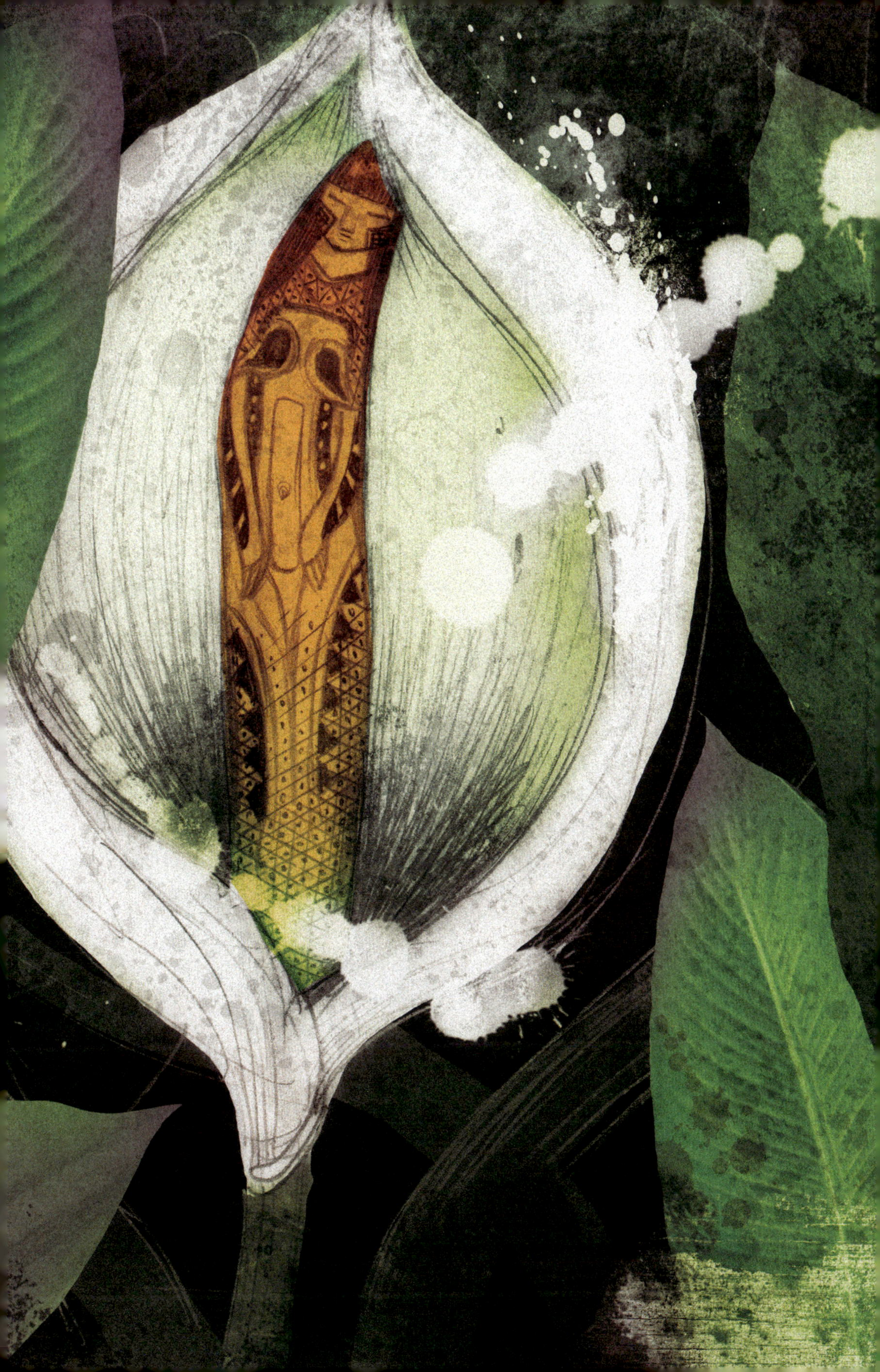

de nossa gente. Queria provar a mim mesma a capacidade que tenho de comandar. Mas agora, ouvindo as palavras proféticas do Karaíba e sabendo que tenho uma outra guerra pela frente, estou disposta ao sacrifício. Estou pronta para desposar Periantã e com ele ter muitos filhos para unir nossos povos.

Dito isso, a menina abraçou seu pai com carinho. Depois olhou para os guerreiros de seu povo.

– Tenho por todos vocês muito carinho e respeito. Sou filha deste povo e não abro mão disso. Confio minha vida a cada um de vocês. Faço esta minha escolha pensando nos filhos e filhas que nascerão. É uma garantia para os próximos tempos.

Potyra parou de falar. Havia comoção estampada na cara de cada um dos guerreiros. O próprio chefe se sentia emocionado. Abraçou sua filha e sussurrou em seu ouvido:

– Vá e seja tupiniquim até o fim.

***

Perna Solta não sabia direito por onde começar aquela conversa. Nunca fora principal nas reuniões da aldeia e agora estava entregue àquela situação delicada. Também passavam muitas dúvidas por sua cabeça. Sabia que de sua liderança dependeria a libertação de Maraí. Tinha que fazer tudo direito.

– Meus amigos guerreiros da aldeia de Kaiuby, viemos aqui para guerrear contra os inimigos que tiraram a liberdade da jovem Maraí, mas também para mostrar a eles que não abandonamos aqueles a quem prometemos proteger. Somos guerreiros de palavra e por isso não podemos voltar atrás nas decisões que tomamos.

O grupo ouvia estupefato a eloquência do mensageiro. Todos sabiam de sua inteligência, mas nunca o ouviram falar em público com tamanha desenvoltura. Por isso, ninguém o interrompeu.

– O sábio Karaíba já nos deu motivos de sobra para não declararmos guerra contra os guerreiros de Anhangá. Foi tudo um mal-entendido. Estou imaginando que o sábio chefe irá nos devolver Maraí sem necessidade de guerrearmos entre nós. Sei que ele fará isso. Conhece-nos a todos desde pequenos, pois é parente de nosso chefe Kaiuby. Tenho certeza de que essa será sua sábia decisão. Por tudo isso, sou contra a guerra e digo a todos vocês que espero que também seja essa a posição de meus irmãos de armas.

O grupo festejou as palavras de Perna Solta. Essas também eram as palavas de todos.

***

Todos tendo confabulado com seu grupo, reuniram-se no centro da clareira. Os três principais seguiram à frente. Depois vieram os demais. Trocaram fumo antes de começarem a falar. O silêncio foi geral.

Anhangá foi o primeiro a se dirigir, por ser o mais velho. Contou sobre a bravura dos Tupinambás e como Maíra os tinha criado para serem fortes e comerem seus inimigos para deles tirarem a força e a valentia. Disse que assim faziam para cumprir a sina de se encontrarem com os antepassados na Yvy-Maraey, a Terra Sem Males. Dançavam e cantavam para manter o céu suspenso e para que a Lua não fosse engolida para sempre e, assim, evitar que a Terra voltasse à escuridão dos tempos primeiros.

– Somos fiéis aos nossos criadores. E ser fiel é obedecer. É fazer cada coisa a seu tempo. É deixar que as árvores floresçam no tempo certo; que os peixes desovem na época devida; que as raízes sejam arrancadas quando estiverem prontas. Ser fiel é pintar o corpo com a tinta do urucum e do jenipapo e gravar no corpo a beleza do céu, da terra, do rio e do vento.

Todos ouviam em respeitável silêncio. Eram palavras sábias, sem arrogância. Elas vinham de longe, trazidas pelo vento e pela memória da gente Tupinambá. Por isso, tinham força.

Anhangá sabia que não falava com sua própria boca. As palavras eram arrancadas de dentro de seu peito pela força da tradição de seu povo e de sua gente.

— Agora, passadas tantas luas desde a criação do mundo, nos encontramos aqui tendo que decidir o tempo de amanhã. Ouvi o que os jovens têm a dizer. Então, conto nossa decisão. Somos favoráveis à paz. Meu filho Periantã vai se casar com Potyra, se essa for a vontade do chefe tupiniquim, e Maraí voltará para seu novo povo e para os braços de seu amado Perna Solta.

Houve grande júbilo. Maraí correu para Perna Solta, que não conseguia parar de rir e comemorar. Enquanto festejavam foram chamados a retomar a atenção para a exposição do tupiniquim, que já se posicionara para falar.

— Esse chefe aqui não tem a eloquência de Anhangá, chefe tupinambá, mas gostaria de dizer que também nosso povo traz memória antiga e que buscamos ser fiéis às palavras dos nossos sábios. E para demonstrar que sabemos ouvir aqueles que consideramos os donos da sabedoria, queria dizer que nós aceitamos as palavras de Anhangá e nos uniremos ao povo Tupinambá para fazer cumprir a profecia do velho Karaíba. Minha filha Potyra vai se juntar a Periantã, filho do povo Tupinambá.

Outros gritos de festejos se seguiram. Quando cessaram, foi a vez do tímido Perna Solta se manifestar em nome de seu principal. Pôs-se ao centro da clareira e destilou palavras de elogios aos dois chefes. Disse da sabedoria que possuíam e que desejava ele mesmo ser um sábio quando a idade lhe viesse.

— Sou agradecido aos dois grandes chefes por esta demonstração de generosidade e de apego às nossas antigas tradições. Nós também não queremos a guerra. Queremos a paz.

Houve uma grande comemoração entre os três grupos. Logo depois, as despedidas aconteceram e todos seguiram os caminhos de suas aldeias, prometendo em breve um reencontro para festejar os casamentos de Periantã e Potyra e de Perna Solta e Maraí.

CAPÍTULO 18

OS FANTASMAS ESTÃO CHEGANDO

A FESTA DE CASAMENTO OCORREU TRINTA DIAS DEPOIS DAQUELE ENCONTRO na clareira. Aconteceu durante a Lua alta para dar sorte aos noivos.

O chefe tupiniquim trouxe uma grande comitiva para a aldeia de Anhangá, que o recebeu com grande cerimônia e pompa. Durante diversos dias, os melhores caçadores saíram em busca de caça que pudesse alimentar todos com fartura. Trouxeram muita carne. Muitos animais foram abatidos para celebrar aquela união. Também os pescadores foram convocados para sair em busca dos melhores pescados. Tudo tinha que ser pensado milimetricamente para que todos os convidados pudessem sair satisfeitos e saciados.

O cacique Kaiuby veio trazendo os noivos e sua comitiva para também festejar o casamento de seu mensageiro com a menina Maraí. Trouxeram iguarias especialmente preparadas para a ocasião: beiju, tapioca, mandioca cozida, bebida fermentada, peixe e piracuí, uma farinha feita a partir das partes dos peixes. Ao chegarem, as mulheres se juntaram para os preparativos dos alimentos e dos noivos.

Tudo caminhava para que a festa fosse grandiosa; e dificilmente quem dela participasse se esqueceria da movimentação que proporcionou a todos. Antes do início oficial, os convidados foram convocados a se juntar na casa central. Ali, os sábios iriam se reunir ainda uma vez mais para confabular sobre a aliança que estava sendo proposta. Enquanto os homens ali permaneciam, as mulheres organizavam os últimos preparativos.

O chefe tupinambá foi o primeiro a tomar a palavra, pois era o anfitrião de todos. Saudou os convidados e exaltou a valentia e coragem do chefe tupiniquim, que tinha aceitado aquela aliança entre seus povos. Também elogiou o chefe Kaiuby, lembrando que ele tinha um grande mensageiro que não se deixou intimidar por sua dificuldade física, permitindo que o Grande Espírito trabalhasse suas qualidades para o bem de seu povo.

Todos ficaram atentos às sábias palavras de Anhangá. Todos conheciam sua capacidade de falar bonito e com verdade. Era alguém que conseguia hipnotizar os que o ouviam graças ao seu poder de argumentação.

– Estamos todos aqui hoje para celebrar a aliança entre nossos povos. Nunca antes isso aconteceu. Nossos pais criadores inspiraram nossa mente para que fizéssemos isso. Falaram a nós pela boca do Karaíba, o sábio que tem guiado nosso povo no caminho do bem, do bonito. Isso nos deixa certos de que não estamos sozinhos e que nossos avós antigos olham para nós desde muito tempo.

O chefe deu tempo para que todos assimilassem suas palavras.

– Nossa gente – seja Tupinambá ou Tupiniquim – tem alimentado a esperança de alcançar a Terra Sem Males graças às palavras dos sábios que nos visitam para nos colocar no bom caminho. Somos guerreiros e sabemos que a guerra é para lembrar que precisamos nos alimentar do corpo de nosso inimigo para alcançarmos a pureza de nosso corpo e a força e a sabedoria daqueles guerreiros que abatemos em combate. Essa é nossa maneira de manter o céu suspenso.

A assembleia sacudia os braços e os tacapes, concordando com as palavras do cacique. Era uma manifestação positiva, reforçando a verdade das palavras de Anhangá.

O velho se ergueu de seu banco e pôs-se a andar no local para fitar os olhos de cada pessoa ali presente.

– Cada um de vocês é guerreiro forte e valente. Estão prontos para defender seu povo com a própria vida. Fazem isso porque foram preparados. Algumas vezes somos amigos, como hoje, em que festejamos uma aliança. Outras vezes somos inimigos e nos matamos para honrar o nome de nossos criadores. Fazemos isso para nos aproximar deles com a dignidade de quem cumpriu seu papel neste mundo. Viver bem é honrar aqueles que nos criaram. É cantar, dançar, caçar, pescar, namorar e comer nossos inimigos com a intenção de ver o Pai Primeiro.

O chefe se calou por um momento. Estava visivelmente emocionado. Suas belas palavras tinham achado espaço no coração dos guerreiros e de seus chefes. Todos faziam respeitoso silêncio.

Quando Anhangá ia retomar a palavra, recebeu a notícia de que o Karaíba estava se aproximando daquela casa. Imediatamente, o chefe chamou seus melhores guerreiros para limparem o caminho do sábio. Os rapazes correram para cumprir a ordem. Minutos depois, o Maíra chegou com pompa de rei. A assembleia toda ficou de pé enquanto ele entrava no recinto. Humildemente, o homem mandou que se assentassem.

– Sei que estão reunidos por uma boa causa. Fico feliz que tenham ouvido minhas palavras. Esse momento de paz é muito importante porque mostra que somos capazes de grandes sacrifícios em nome da tradição. Isso é a garantia de que nosso povo continuará vivo ainda por muito tempo.

Era tradição respeitada por todos que quando o Karaíba estivesse falando ninguém o interrompesse. As palavras dele eram sagradas porque traziam a força do próprio criador. Eram palavras criadoras e curadoras. Por isso, esse sábio vivia sempre solitário, vagando pela floresta em contato com os espíritos dos antepassados. Suas palavras eram consideradas proféticas porque eram mergulhadas dentro do tempo que ainda viria.

Sua visita a uma aldeia era motivo de alegria e preocupação, pois poderia trazer boas ou más notícias para aquela comunidade.

Quando ele chegava, ficava à entrada da aldeia aguardando que seus moradores viessem limpar seu caminho. Era uma prática simbólica que servia para abrir a aldeia para as palavras daquele homem que via o criador face a face.

– A cerimônia de casamento destes jovens traz a bênção dos criadores. Eles serão felizes. Terão filhos que seguirão a mesma direção de seus pais. Um deles será um importante Karaíba e os outros, guerreiros da tradição.

O sábio parou por um momento. Tomou um gole de água, que lhe foi trazida enquanto tomava fôlego.

– Os tempos que vão se apresentar não serão fáceis. Muitos sonhos perturbam meu sono. Vejo fantasmas se aproximando de nossas casas. Eles são malvados, peludos como macacos, mas têm o corpo coberto como se fossem pássaros cheios de penas. Chegam mansos, pelo grande paranã através de igaras gigantes empurradas pelo vento. Ainda vão demorar para chegar em nosso lugar, mas não na terra dos papagaios. Nossos parentes de lá serão enganados e os receberão com alegria até descobrirem que vão virar escravos. Será o fim deles.

Os jovens que ouviam as palavras do sábio estavam horrorizados com o relato. Seus rostos faziam caretas de horror a cada nova palavra que o velho dizia. Pareciam não acreditar que algo tão terrível pudesse acontecer para desestruturar a vida que seus pais haviam, tão bravamente, iniciado tantas e tantas luas atrás.

Quando o velho retomou a palavra, disse que era preciso se preparar. Aquele casamento era um momento de aliança, que ajudaria a empurrar o tempo para a frente e que, por ora, deveriam celebrar a cerimônia de união dos casais e comemorar aquele encontro memorável.

A assembleia toda vibrou. Todos se dirigiram para fora do recinto. No exato momento, as noivas estavam sendo apresentadas. Vinham bem ornamentadas com penas de diversos pássaros e colares feitos com ossos e dentes de animais e dos inimigos mortos em combate. Seus corpos estavam pintados com urucum e jenipapo, revelando sua nova condição social de mulheres casadas.

Perna Solta e Periantã aguardavam ansiosos. Sorriam de orelha a orelha enquanto imaginavam o que estava ocorrendo às suas costas, pois ouviam que o grupo inteiro urrava enquanto as duas moças passavam em direção aos noivos.

CAPÍTULO 19
TEMPOS DEPOIS...

Perna Solta e Maraí tiveram dois casais de filhos. O mais novo dos meninos foi escolhido pelo sábio para se tornar Karaíba. O mensageiro não queria que isso acontecesse. Menos ainda Maraí. Ela sabia que seu filho seria um solitário a vagar pela floresta. Eles, no entanto, foram convencidos sobre a importância de continuar a tradição e de que isso tudo já tinha sido profetizado antes mesmo de se casarem. Não poderiam agora voltar atrás nos votos que fizeram de serem pais de um sábio.

Perna Solta se revelou, aos poucos, um importante líder para a sua comunidade, e, quando o chefe Kaiuby morreu, assumiu seu lugar a pedido de sua gente.

Por solicitação do Karaíba, Potyra e Periantã se mudaram para a aldeia agora comandada por Perna Solta. O motivo alegado pelo sábio era que as crianças deveriam crescer juntas para aprender os princípios da tradição de maneira igual.

Potyra deu à luz seis meninos e duas meninas. A todos eles, ensinou a arte da guerra. Mas foi ao primeiro de todos que sua atenção se voltou. Era ele o escolhido. Seu nome: Cunhambebe!

Um dia Cunhambebe andava pelas margens do paranã coletando conchas, quando lhe chamou a atenção um cisco branco que "surfava" sobre as águas salgadas. O jovem se assustou com aquela visão e saiu correndo, largando o fruto de seu trabalho no chão. Sua gritaria chamou a atenção de todas as pessoas da aldeia, que se reuniram para ouvir o que o escolhido tinha para dizer. Sem fôlego devido à sua forte correria, o garoto respirou fundo e anunciou:

– Os fantasmas estão chegando! Os fantasmas estão chegando!

GLOSSÁRIO

BEIJU: é uma iguaria culinária muito utilizada pelos povos de origem tupi. É uma espécie de pão feito a partir da mandioca.

CUNHÃ: menina-moça. É como as meninas que estão sendo preparadas pra se tornar adultas são chamadas por grupos de língua tupi.

MAÍRA: nome como era chamado o herói civilizador dos Tupinambás. Ele era considerado o criador cultural desse povo. Isso significa dizer que o Maíra é quem separa o que é humano do que é natureza.

MATINTA: entidade dotada do poder de encantar as pessoas que não lhe obedecem. Sua forma é de pássaro e pode trazer bons ou maus presságios para uma comunidade ou pessoa.

NHANDERUVUÇU OU NHANDERU: criador do mundo na mitologia Guarani.

TAPEREBÁ, MURUCI, UXI, MARI, UMARI, INGÁ-XIXICA, PEQUI, PEQUIÁ: frutas típicas brasileiras.

TAPIR: é o maior mamífero da América Latina. Também conhecido como anta. Em tupi quer dizer animal de pele dura.

DANIEL MUNDURUKU

Escritor indígena, graduado em Filosofia, tem licenciatura em História e Psicologia. É doutor em Educação pela Universidade de São Paulo (USP) e pós-doutor em Linguística pela Universidade Federal de São Carlos – (UFSCar).

Diretor-presidente do Instituto Casa dos Saberes Ancestrais (UKA), é autor de 50 livros para crianças, jovens e educadores. É Comendador da Ordem do Mérito Cultural da Presidência da República desde 2008. Em 2013 recebeu a mesma honraria na categoria da Grã-Cruz, a mais importante honraria oficial a um cidadão brasileiro na área da cultura.

Membro fundador da Academia de Letras de Lorena (SP), recebeu diversos prêmios no Brasil e no exterior, entre eles o Prêmio Jabuti, Prêmio da Academia Brasileira de Letras, o Prêmio Érico Vannucci Mendes (outorgado pelo CNPq) e o Prêmio Tolerância (outorgado pela UNESCO). Muitos de seus livros receberam o selo Altamente Recomendável, outorgado pela Fundação Nacional do Livro Infantil e Juvenil (FNLIJ). Reside em Lorena, interior do Estado de São Paulo.

Sua página: **www.danielmunduruku.blogspot.com**
Para contato com o autor: **dmunduruku@gmail.com**

MAURICIO NEGRO

Ilustrador, designer gráfico e escritor ligado a temas ancestrais, mitológicos, ambientais, étnicos e muitas vezes relacionados à diversidade cultural brasileira, Mauricio Negro tem participado de inúmeros catálogos e exposições, no Brasil e em países como Alemanha, Argentina, China, Colômbia, Coreia, Eslováquia, Itália, Japão e México. Recebeu o Prêmio Noma (Japão, 2008), foi finalista do CJ Picture Book Festival (Coreia, 2009), White Ravens (Alemanha, 2000), XX Sidi (Porto Alegre, 2012), e tem o selo Altamente Recomendável pela FNLJ, entre outros. Ilustrou diversas obras de autores indígenas. Com Daniel Munduruku tem uma longa parceria.